흑설공주
이야기 2

FEMINIST FAIRY TALES
Copyright ⓒ 1996 by Barbara G. Walker

Korean Translation Copyright ⓒ 1998 by Danielstone Publishing
Korean edition published by arrangement with HarperSanFrancisco,
a division of HaperCollins Publishers Inc. through Shin Won Agency Co.
All rights reserved.

이 책의 한국어판 저작권은 신원에이전시를 통한 저작권자와의 독점 계약으로
뜨인돌출판(주)에 있습니다. 신저작권법에 의해 한국 내에서 보호를 받는 저작물이므로
무단 전재와 복제를 금합니다.

흑설공주 이야기 2
세상의 모든 딸들을 위한 신화

초판   1쇄 발행 1998년 6월 10일
개정판 1쇄 발행 2005년 9월 1일
      26쇄 발행 2024년 9월 2일

지은이 바바라 G. 워커
옮긴이 박혜란

펴낸이 고영은 박미숙
펴낸곳 뜨인돌출판(주) | 출판등록 1994.10.11.(제406-251002011000185호)
주소 10881 경기도 파주시 회동길 337-9
홈페이지 www.ddstone.com | 블로그 blog.naver.com/ddstone1994
페이스북 www.facebook.com/ddstone1994
대표전화 02-337-5252 | 팩스 031-947-5868

ISBN 978-89-5807-140-2 03840

흑설공주 이야기 2

바바라 G. 워커 지음·박혜란 옮김

뜨인돌

| 여는 글 |

꿈이 꿈꾸는 사람의 무의식을 반영하듯, 신화는 한 사회의 자연, 문화, 제도 등을 비추는 거울이다. 그런데 우리는 이런 신화들 속에서 그다지 호의적이지 않은 여성의 모습을 만나게 된다. 즉 여성은 부정적인 캐릭터로 등장한다. 창세기에서 이브가 아담을 유혹해 사과를 함께 먹음으로써 세상에 죄가 생겨나고 죽음이 생겼다는 이야기, 판도라가 절대 열어서는 안 된다는 상자를 기어이 열어서 인류의 온갖 죄악이 세상 밖으로 튀어나오게 되었다는 이야기 등은 어리석은 여성의 이미지를 확실하게 보여준다. 신화의 상징대로라면 여성은 인류 공동의 적일지도 모른다.

그 후 여성은 어떤 대접을 받았을까? 우선 여성 고유의 능력인 출산이 고통의 대명사이자 벌의 증거가 되었고, 여성은 판도라나 프시케처럼 금기 사항을 깨뜨리고야 마는 의심 많은 종자로 취급되었다. 특히 중세 기독교 시대 이후 여성은 몇 가지 고정 역할을 떠안게 된다. 악녀, 어리석은 자, 요부 등의 부정적 역할과 함께, 동정녀 마리아 같은 순결함을 상징하는 역할이다. 이것은 결국 여성의 이미지가 악녀 아니면 성녀의 여러 변주에 지나지 않게 되었음을 의미한다. 이런 여성의 부정적 이미지는 전래 동화를 통해서도 전파되었고, 현대에 와서는 영화, 드라마 등으로 끊임없이 재생산되고 있다.

이 책에서는 원래 여성이 가지는 긍정적인 속성과 여성적 의미들이 담긴 신화를 만나게 될 것이다. 완전히 새로 개작한 것도 있고, 여성주의적 입장에서 다소 과장되게 보여주는 것도 있다.

그리스 신화의 중심에는 힘과 권위를 상징하는 제우스가 있지만 땅의 속성을 알고 탄생과 소멸이라는 우주 순환을 생각한다면 데메테르 여신과 페르세포네의 이야기도 새롭게 다가올 것이다. 그리고 남편 제우스의 바람기 때문에 히스테리를 부리는 결혼의 수호신 헤라 여신 대신, 여러 민족들의 신화에서 세상을 이롭게 하는 다양한 여신들을 만날 수 있다. 또한 원래 신화의 이야기를 살짝 비틂으로써 읽는 재미와 함께 여성으로서 통쾌함이 느껴지는 것들도 있다.

| 차 례 |

베 짜는 여인　9

코레이 공주의 납치　27

괴물 가거일의 사랑 이야기　47

살로마의 하강과 일곱 문　61

황금요정　77

아마존의 여전사 고르가　91

기미 왕자의 청혼　105

시인 토머스 라이머의 사라진 칠 년　127

네 명의 순례자와 신탁의 비밀　141

바다 마녀를 사랑한 남자　157

가마솥의 전설을 찾아 떠난 기사　171

신들의 최후　193

아프리카 여신들의 긴급회의　205

베 짜는 여인

그리스 신화에서 길쌈과 자수 솜씨가 뛰어나 지상에는 견줄 자 없다고 소문이 자자했던
아라크네는 감히 아테나 여신(지혜의 여신 아테나 여신은 여성에게 길쌈, 베짜기, 바느질을
가르치는 여신이기도 하다)과 솜씨를 겨루는 오만한 처녀로 나온다.
결국 아라크네는 아테나로부터 벌을 받아 거미로 변하고 만다.
이 이야기는 신과 겨룬 인간의 오만함을 경계하는 교훈으로 자주 인용되어왔다.
신화를 개작한 새 이야기에서 아라크네는 베 짜는 여인들의 수호신이며,
아테나의 저주 때문이 아니라 사람들에 의해 자연스럽게 숭배의 대상이 된 거미로 나온다
(요정들은 거미의 실로 짠 옷을 입는다고 알려져 있다).
오랫동안 유럽인들은 베를 짜고, 매듭을 엮고, 바느질을 하는 여성의 능력이
마법의 힘을 갖고 축복과 저주로 이어지는 사건들을 일으킨다고 믿어왔는데,
그리스 신화에 나오는 베 짜는 여신 클로토는 인간의 운명을 주관하는
모이라이 세 자매 여신 중 맏이이다. 이들 세 여신은 운명의 선홍빛 실을 감고, 풀고,
거두어들이면서 인간의 생사에 관여한다고 전해진다.

옛날 아주 오랜 옛날 어느 시골에 로제트라는 처녀가 있었는데, 물레를 돌려 실을 뽑고, 베를 짜는 솜씨가 어찌나 뛰어났던지 방방곡곡 '베 짜는 처녀 로제트'의 이름을 모르는 이가 없었다. 가난한 살림이지만 로제트의 솜씨 덕에 일이 끊이지 않아 어머니와 단둘이 살아가기에는 부족함이 없었다.

부잣집 부인네들이 비단, 다마스크 천, 캐시미어 실타래를 가지고 와서 옷을 만들 천과 리본을 부탁하면서 넉넉히 돈을 지불했다. 시골 농부들은 튼튼한 털실로 비바람을 견딜 수 있는 망토와 바지를 만들 천을 부탁했으며, 직물상인들은 그녀가 짠 천을 사들여서는 몇 배를 더 붙여 높은 값에 되팔았다. 사람들은 섬세하고 우아하게 짜여진 아름다운 천을 보면 "로제트의 옷감 같다"고 말했다.

로제트의 솜씨는 마치 요정의 손길을 연상시켰다. 정말 로제트는 어릴 적부터 남다른 구석이 있었다. 로제트는 거미에게 정신을 쏙 빼앗기곤 했던 것이다. 몇 시간이고 앉아서 거미가 집 짓는 것을 들여다보았고 곧잘 끈을 가지고 흉내를 내볼 정도로 거미는 늘 로제트의 관심사였다. 로제트는 집 안에 거미줄을 치는 거미를 조심스럽게 집 바깥으로 옮겨주고서는 누구의 방해도 받지 않고 안전하게 집을 짓도록 해주었다.

거미들도 그녀를 믿고 따르는 듯했다. 거미들은 겁도 없이 로제트의 손에 기어올랐고, 말똥말똥 빛나는 여덟 개의 작은 눈으로 그녀의 얼굴을 빤히 쳐다보았다. 그녀는 나뭇가지나 담벼락 구석에

여러 겹으로 튼튼하게 처져 있는 거미줄을 볼 때마다 아무리 보잘 것없는 거미라도 백 명의 뛰어난 기술자보다 빼어난 솜씨를 갖고 있다고 칭찬을 했다. 그러면서 자기도 거미의 반만큼만 따라갈 수 있다면 더 바랄 게 없겠다고 부러워했다.

나이가 차자 로제트는 어릴 적부터 친하게 지냈던 램보라는 착한 목동과 약혼했다. 로제트의 영향을 받은 램보는 부드러우면서도 질긴 양털을 만들 수 있는, 아주 가늘고 긴 털을 가진 양을 교배해 길러냈다. 마을 사람들은 그런 두 사람을 보고 천생연분이라고들 말했다.

로제트가 사는 마을은 래스차일드('분노의 자식'이라는 뜻) 남작의 영지에 속해 있었다. 마을 농노들의 생존권은 남작이 쥐고 있는 것이나 마찬가지였다. 그는 매우 잔인한 사람이었다. 어느 날 로제트가 현관 앞에서 따뜻한 햇살을 받으며 실을 짜고 있는데, 우연히 오두막 앞을 지나던 남작이 그녀를 보자 말에서 내렸다.

"목이 마르구나. 가서 시원한 맥주 한 잔 가져오도록."

로제트는 짜고 있던 실을 놓고 급히 명령에 따랐다. 남작은 그녀가 건네주는 맥주를 받으며 그녀의 얼굴을 요모조모 자세히 뜯어보았다.

"아주 예쁜 처녀로구나. 이름이 뭐지?"

"로제트라고 합니다."

"그래, 내일 내 성으로 오너라. 남작 부인의 시녀가 되도록 해주마. 너 같은 촌뜨기에겐 커다란 영광이지."

로제트는 고개를 숙이고는 아무 말도 하지 않았다. 래스차일드 영지의 사람들이 모두 알고 있듯 남작 부인의 시녀라는 것이 실은 남작의 노리개에 지나지 않으며, 남작 부인이 아니라 남작을 '시중' 들어야 한다는 것을 너무나 잘 알고 있었기 때문이다.

남작 부인도 그 사실을 알고 있었지만 그녀는 오히려 그의 잔인하고 폭력적인 성적(性的) 관심이 다른 여자에게 옮겨지는 것을 반가워했다. 새로운 여자가 규방에 들어오면 래스차일드 남작은 한동안 그 여자에게 온갖 야수성을 쏟아부었다. 여자들은 처음에는 거부하고 반항하다가 마침내 더 이상 고통받지 않기 위해 그에게 복종하고 마는 것이었다. 그는 그런 식으로 많은 여자들을 폭력의 노예가 되도록 만들었다. 여자들은 그의 명령이라면 무엇이든지 복종했다.

남작은 음흉한 웃음을 남기고 말을 타고 떠났다. 로제트는 울음을 터뜨리면서 어머니에게 달려가 남작의 말을 전했다.

"아, 이를 어쩌면 좋아요. 이제 내 인생은 끝났어요."

그녀는 눈물을 흘리면서 말했다.

"이제 램보와도 결혼할 수 없을 거예요. 더 이상 베 짜는 일도 할 수 없고, 완전히 자유를 잃은 몸이 될 거예요. 그 성에서 사는 것은 감옥살이나 마찬가지예요. 죽을 때까지 그의 포로가 되어서…… 그 망측한 괴물 곁에서 말이에요!"

"쉿, 애야. 누가 들을라. 그런 말을 함부로 하면 안 된다."

로제트의 어머니는 혹시 남작의 호위병이라도 엿듣지 않을까 겁에 질린 눈으로 주위를 둘러보며 말했다. 그녀는 딸을 다독거리며 뺨에 키스를 했다.

"그래도 좋은 옷과 보석에 둘러싸여 지내지 않겠니."

겉으로야 딸을 위로하고 있지만 속마음까지 편할 리 없는 어머니의 음성은 어둡고 기운이 빠져 있었다.

"그렇구말구요. 좋은 옷과 보석으로 감싼 몸은 온통 피멍과 물집 투성이일지라도 말이에요."

로제트가 격앙된 목소리로 외쳤다.

"그렇게 살 수는 없어요, 엄마. 도망가고 말겠어요."

"하지만 도망가다 붙잡히면? 두말할 것도 없이 넌 그 자리에서 죽게 돼. 원 세상에, 도대체 우리가 무슨 죄를 지었기에 이런 변을 당한단 말이냐?"

로제트와 어머니는 울다 지쳐 기진맥진한 채 잠자리에 들었다. 어둠이 더욱 짙어질수록 두 모녀는 두려움에 몸을 떨면서 아침 해가 떠오르지 않기를 간절히 바랐다…….

그러다 어느 결에 잠이 들었는지, 로제트는 어떤 신비한 빛 때문에 잠이 깼다. 그 빛은 침대 곁에서 나오는 것이었다. 로제트는 낯선 여인이 서 있는 것을 보았다. 잿빛 눈에 비단 같은 잿빛 머리카락을 길게 늘어뜨린, 키가 크고 손가락이 아주 긴 여인이었다. 그녀가 입고 있는 얇고 흰 가운은 마치 그녀를 둘러싼 채 둥둥 떠 있는 것처럼 보였다.

"당신은 누구신가요?"

로제트가 놀란 목소리로 외쳤다.

"나는 베 짜는 여인들의 수호여신 아라크네 요정이다. 나를 섬기는 거미들이 너의 근심을 듣고는 도움을 청하더구나. 너를 래스차일드 남작으로부터 구해주마."

"오, 제발 방법을 말해주세요."

"내일 그 성에 가지 마라. 대신 베틀에 앉아서 내가 시키는 대로 이런 그림을 베에 짜넣어라."

요정은 로제트가 어떤 그림을 짜넣어야 하는지 자세하게 설명했다.

"그리고 무늬는 반드시 이 붉은 실로 짜야 한다."

말을 마친 아라크네는 로제트에게 무지갯빛이 흐르는 비단 실타래를 주었다. 로제트가 실타래를 받아드는 순간 요정은 사라져버렸다.

아침이 되자 로제트는 아라크네가 시킨 대로 했다. 여느 날과 같이 아리따운 자태로 베틀 앞에 앉아 아라크네가 준 비단실을 걸었다. 로제트의 잰 손이 날실과 씨실을 교차시키면서 하나의 무늬를 만들어가고 있었다. 서서히 문양을 드러냈을 때 거기에는 남작 차림의 한 남자가 말에서 도랑으로 떨어져 다리가 비틀린 모습이 새겨져 있었다. 마침내 무늬가 완성되고 그녀의 손이 마지막 마무리를 하는 순간, 남작에게는 이상한 일이 벌어졌다. 남작이 탄 말이 돌연 돌부리에 걸려 넘어지면서 남작이 도랑에 처박히는 사고가 일어났고, 그 사고로 남작의 다리가 부러지고 말았다.

그로부터 몇 달 동안 남작은 자리에 누워 다리가 낫기만을 기다렸다. 그 동안 그는 의사와 시종 들에게 괜한 화풀이를 하고 질책을 하면서 주위 사람들을 괴롭혔다. 로제트는 남작이 자신의 일을 잊어버리기를 간절히 기도했다. 그러나 불행하게도 남작은 말을 탈 수 있을 정도로 몸이 회복되자 다시 그녀의 집 앞에 나타났다. 그리고는 왜 명령대로 성에 오지 않았느냐고 화를 내며 말했다.

"내일은 틀림없이 오도록 해라. 너에게 새 비단 가운을 주마. 농사꾼에겐 과분한 옷이지."

남작은 로제트 모녀를 다시 한 번 근심에 빠뜨렸다.

그날 밤 아라크네가 다시 로제트의 침대 곁에 나타났다.

"제발 저를 도와주세요, 요정님."

로제트가 울부짖으며 말했다.

"남작이 절 데려가기로 작정을 했어요."

"두려워하지 마라."

아라크네가 다시 붉은 비단 실타래를 주며 말했다.

"그의 명령을 따르지 마라. 대신 너는 내일 이렇게 하거라……."

이번에도 아라크네는 로제트에게 할 일을 설명해주고는 실타래를 건네주면서 당부하는 것을 잊지 않았다.

"이번에도 반드시 이 붉은 실로 무늬를 짜거라."

다음 날 아침 로제트는 변함없이 베를 짜기 시작했다. 다른 것이 있다면 그 일이 이웃 동네 부인네로부터 의뢰받은 일도 아니었고, 여느 때처럼 숲 속을 거니는 아름다운 요정이나 화려한 꽃무늬를 넣어서 사람들이 그 아름다움에 절로 감탄하게 만드는 무늬도 아니었다는 것이다. 그러나 솜씨만은 요정이 밤새 몰래 수놓고 간 듯이 보는 사람의 넋을 빼놓을 정도로 뛰어났다. 남작이 침대에 누워 있고 주위에는 의사들이 걱정과 두려움에 휩싸여 떨고 있는 모습이 마치 실제 눈앞에서 보는 듯했다. 남작의 얼굴은 병자처럼 창백해서 진짜 죽음을 앞둔 사람처럼 보였다. 이것이 아라크네가 로제트에게 말한 그림의 내용이었다.

이번에도 베짜기가 완성되는 순간 성안에서는 이상한 일이 벌어졌다. 래스차일드 남작이 갑작스럽게 병으로 몸져눕게 된 것이다. 의사들마다 병명을 알 수 없다며 죄인처럼 고개를 숙였다. 남작은 너무나 허약해져서 자리에서 일어나지도 못하고 먹고 마시지도 못했다. 시종들은 겉으로는 시름에 잠긴 얼굴을 했지만 속으로는 그가 천벌을 받은 게 틀림없다며 은근히 그의 죽음을 바랐다. 오랫동안 학대를 받았던 남작 부인의 속마음도 그들과 다르지 않았다.

그러나 남작은 죽지 않았다. 몇 달이 지나자 서서히 몸이 회복되었고, 산과 들에 봄의 기색이 완연해졌을 때 남작도 긴 겨울잠에서 깨어난 듯 자리를 털고 일어나 다시 돌아다닐 수 있게 되었다. 로제트와 램보는 남작이 오랫동안 병석에 드러눕자 안심했고, 이제는 로제트 일도 잊어버렸으리라 생각했다. 새봄이 오면 두 사람은 결혼하기로 약속했다. 푸른 숲 속 빈터에서 친구들과 마을 사람들을 초대하고 조촐한 결혼식을 올릴 생각이었다. 하객들이 두 사람의 앞날을 축복해줄 것이었다. 숲 속에 사는 새며 동물, 야생의 꽃과 나무들, 숲의 요정들이 모두 잘 어울리는 이 한 쌍의 부부를 구경하러 올 것이었다. 두 손을 꼭 잡은 채 램보의 목장을 거닐고 있는 두 사람은 생각만 해도 가슴이 부풀어올랐다.

그 동안 로제트가 남작 때문에 겪은 일들을 전부 들은 램보가 말했다.

"거미에게 친절을 베풀면 반드시 보답을 받지. 하지만 누가 그런 생각을 할 수 있겠어?"

그 시간 로제트의 오두막에는 한 손님이 요술실로 짠 두 그림을 보고 있었다. 며칠에 한 번씩 와서 로제트의 천을 사가는 직물상인은 그날도 로제트의 오두막을 찾아왔다가 마침 그 그림 보게 된 것이다.

"따님 작품 중에서도 최고 걸작이군요."

직물상인이 로제트 어머니에게 말했다.

"그림 한 장당 금 오 파운드를 내겠소."

가난한 과부는 그의 제의에 깜짝 놀랐다. 금 오 파운드면 몇 년 치 빵과 맥주를 사고도 남았다. 그녀는 그 자리에서 상인의 제의를 쾌히 받아들였다. 상인은 베를 조심스레 말면서 적어도 그림 한 장당 금 오십 파운드는 받을 수 있겠다고 내심 좋아했다.

실제로 그는 며칠 후 그림 한 장당 금 육십오 파운드를 받고 팔았다. 그런데 그것을 산 사람은 다름 아닌 래스차일드 남작 부인이었다.

남작 부인은 그림들을 응접실 벽에 걸었고, 곧 남작의 눈에 띄게 되었다. 그림을 자세히 들여다본 남작은 그림이 자신이 당한 일과 섬뜩할 정도로 일치하는 것을 발견했다. 말이 고꾸라진 것과 알 수 없는 병으로 침대에 누웠던 것 등 자신이 겪은 불운과 그 그림은 모두 똑같았다. 그는 미친 듯 날뛰며 아내의 침실로 뛰어들어가 그녀를 침대에서 끌어내며 소리쳤다.

"저 그림들은 도대체 어디서 난 거지?"

남작 부인은 겁에 질린 채 한 직물상인으로부터 사들였다고 말했다. 남작은 당장 그 직물상인에게 달려갔고, 구입처를 추궁한 끝에 그것이 로제트가 짠 것임을 알게 되었다. 래스차일드는 즉각 재판관을 소집했다. 남작은 로제트를 종교재판에 회부할 생각이었다. 이는 곧 마녀재판이 되리라는 것을 의미했다. 그는 재판관들에게 로제트가 자신에게 마술을 건 마녀라고 광분하여 떠들어댔다. 그녀가 베짜기 마술을 부려서 그의 다리를 부러뜨렸고, 그를 병들게 했다는 것이었다. 그리고 증거물로 두 그림을 보여주었다.

로제트는 곧 체포되었다. 종교 재판관들은 그녀를 물고문 의자에 묶었다. 마녀재판의 원리는 간단했다. 죄인이 물속에서 익사하면 무죄가 되는 것이고, 만약 죽지 않으면 마녀로 판명되어 처형당했다. 그러니 어느 경우에도 재판관들이 이기게 마련이었다. 마녀로 판명난 죄인의 재산은 모두 몰수당했고 그렇게 해서 통치자들은 자신들의 부를 축적했다.

그들이 로제트를 마을 연못으로 끌고 가는 걸 그녀의 어머니와 램보는 군중들 속에서 불안에 떨며 지켜보고 있었다. 로제트의 연약한 몸이 연못 속에 밀어넣어졌다. 꽤 오랜 시간이 흘렀다. 과연 베 짜는 처녀 로제트는 죽고 마는 것인가. 사람들은 안타까운 심정으로 연못을 바라보았지만, 그런 혹독한 물고문을 이겨낼 사람은 없다고 생각했다. 그러나 어디서 나타났는지 모를 수많은 거미들이 그녀 주위로 모여들었고, 모여든 거미들은 공기로 가득 찬 자신들의 작은 비단종(鍾)을 끌어당겨 그녀의 콧구멍을 비단으로 막고 숨쉴 공기가 지나가도록 했다. 로제트는 잠시 의식을 잃었을 뿐 살아 있었다.

얼마나 시간이 흘렀을까. 마침내 로제트가 물속에서 끌어올려졌을 때, 그녀가 아직 살아 있다는 것이 밝혀지자 재판관은 사람들을 향하여 큰소리로 외쳤다.

"이 여자는 마녀다!"

마녀라는 판결이 내려지면 다음 순서는 처형을 기다리는 것이었다. 재판관은 곧 다음 날 화형이 집행될 것이라고 선고한 다음 로제트를 성의 탑에 가두도록 지시했다. 남작은 시종 음흉한 미소를 띠며 처음부터 재판 과정을 지켜보고 있었다. 그는 여전히 로제트를 탐내고 있었다. 내일 죽을 목숨이니 시간도 얼마 남지 않았다. 그래서 더욱 안달이 났다. 남작은 오늘 밤 기필코 그녀를 취하리라 생각했다.

한편 결혼의 꿈에 잔뜩 부풀어 있던 램보는 갑작스런 불행에 망연자실했다. 그는 흐느끼는 로제트의 어머니를 오두막까지 데려다주고는 연인과 함께 거닐었던 목장으로 돌아와 홀로 앉아 있었다. 희망이 사라져버린 앞날을 생각하며 흐르는 눈물을 닦고 있던 램보는 한 여인이 소리도 없이 나타나 옆에 서 있는 것을 보고 깜짝 놀랐다.

"누구세요?"

그가 소리쳤다.

"나는 베 짜는 여인들의 수호여신 아라크네 요정이다. 로제트를 구할 방법을 일러주마."

"그게 정말인가요? 부디 로제트를 구할 수 있는 방법을 꼭 알려주세요."

"말 두 마리와 먼 길 떠날 차비를 해라. 그리고 오늘 밤 자정이 넘으면 탑 아래 덤불 속에서 몸을 숨기고 기다리고 있거라. 절대 누구의 눈에도 띄어서는 안 된다. 로제트도 탑에서 탈출해 거기로 갈 것이니, 둘이 함께 멀리 도망가려무나. 동쪽 나라로 가서 다시는 돌아오지 마라. 그곳에 행운이 기다리고 있을 게다."

요정의 말을 들은 램보는 급히 준비를 서둘렀다. 로제트의 어머니에게만 그 계획을 알렸다.

그날 땅거미가 질 무렵 남작의 탑을 쳐다본 사람이라면 탑에서 아주 이상한 일이 일어나는 걸 보았을 것이다. 땅 바닥에서부터 높은 탑의 창문까지 벽을 따라 이어진 거무스름한 기둥이 꿈틀거리는 광경을 말이다.

가까이서 본 사람이라면 그 꿈틀거리는 기둥이 벽을 타고 올라가는 수많은 거미떼였다는 것을 알 수 있었을 것이다. 그 거미 무리들은 무엇인가를 열심히 만들고 있었다. 하지만 수많은 거미들의 다리와 몸체가 마치 카펫처럼 촘촘히 모여 있었기 때문에 이들이 무엇을 하는지 정확히 알아볼 수는 없었다.

그때 로제트는 탑 꼭대기 방 나무의자에 처량하게 앉아 있었다. 그 밤이 자기 인생의 마지막 밤이라고 생각했다. 자신이 꿈꿔왔던 행복한 시간들은 다시 오지 않을 것이며, 더 이상 사랑하는 램보도 볼 수 없고, 그의 아이를 낳고 단란한 가정을 꾸밀 수도 없고, 그토록 좋아하는 길쌈을 하고 자수를 놓는 일도 할 수 없다고 생각하니 한없는 슬픔이 밀려왔다.

누군가 자물쇠를 여는 소리에 로제트는 슬픈 몽상에서 깨어났다. 문이 열리면서 가죽 채찍을 손에 든 래스차일드 남작이 거만한 걸음으로 들어섰고, 호위병이 다시 문을 잠갔다.

"그래, 베 짜는 처녀여, 이제 다시 만났구려."

그가 차가운 미소를 지었다.

"이번이야말로 내 말을 듣겠지. 너를 화형대에 매달기 전에 할 일이 있어서 왔지. 마녀에 대한 내 몫의 복수를 하기 위해서 말이다. 요런, 앙큼한 것! 네가 감히 마술을 부려 내게 재앙을 뿌리다니. 오늘 밤엔 네가 그 재앙의 주인공이 될 거다."

그녀는 의자에서 뛰어내려 벽에 기대어 몸을 웅크렸다. 그가 다가오면서 채찍을 휘둘렀다. 날아오는 채찍을 피하려던 그녀는 바닥에 쓰러졌다. 남작이 쓰러진 로제트의 치마를 찢으려고 몸을 굽

혀왔다. 잔뜩 공포에 질린 로제트는 도움의 손길을 간절히 바라는 눈길로 창문을 쳐다보았다. 그때 로제트는 아라크네 요정의 성난 얼굴을 보았다.

요정의 몸이 점점 작아지면서 검게 변했다. 그리고는 둥근 배에 핏빛 모래시계 무늬를 한 거대한 검은 거미로 변했다. 창틀을 넘어 들어온 거미는 돌진하여 남작의 등을 타고 그의 목까지 재빠르게 올라갔다. 거미의 날카로운 독이빨이 남작의 살 깊숙이 박혔다.

남작은 비명을 지르고 쓰러지면서 손을 뻗어 거미를 낚아채려 했다. 하지만 거미는 그의 손을 날렵하게 피하고서는 몸부림치는 남작의 몸뚱이를 넘어 로제트 옆으로 기어왔다.

"이제 다 끝났으니 안심하거라. 그는 죽어 마땅한 인간이지."

거미의 작은 목소리가 로제트의 귀에 들렸다.

"빨리 이곳을 탈출하렴. 창가로 가서 아래로 내려가거라. 네 약혼자가 애타게 기다리고 있으니까."

황급히 창가로 달려간 로제트는 창틀에 단단히 매어진 비단 사다리가 땅바닥까지 닿아 있는 것을 보았다. 사다리는 거미실로 짜여 있어서 가벼웠지만 아주 질겼다. 덕분에 그녀는 안전하게 내려갈 수 있었다. 그녀가 땅에 발을 딛는 순간 램보가 그녀를 와락 껴안았다. 그 길로 두 사람은 말을 타고 멀리 동쪽으로 도망쳤다.

다음 날 아침 래스차일드 남작이 숨을 거둔 채 탑 안에서 발견되자 남작 부인과 시녀들은 조용하고 은밀한 축하연을 열었다. 그들은 로제트의 직물 그림에다 화환을 두르고 남작이 아꼈던 가장 좋은 포도주로 건배를 했다. 그런 뒤 남작 부인은 그녀 곁에 남고 싶어하는 사람에게는 더 나은 처소를 마련해주었고 떠날 사람과는 아쉬운 작별 인사를 나누었다.

남편의 영지를 상속받은 남작 부인은 현명하고 자애로운 통치자가 되었다. 그녀는 세금을 낮추고 농장 경영을 독려했으며, 농민들을 공정하게 다루어 모든 이들의 존경을 받았다. 많은 구혼자들이 있었지만 그녀는 평생에 지옥은 한 번이면 족하다면서 재혼을 극구 사양했다. 그녀가 나이가 들어 세상을 떠나자 모든 백성들이 그녀의 죽음을 애도했다.

로제트와 램보는 동쪽 먼 나라에 정착해서 양을 치고 베를 짜며 풍족하게 살았다. 그들은 결혼하고 얼마 후 아이들을 얻었는데 맑은 잿빛 눈을 가진 큰딸을 아라크네라고 이름 지었다.

사람들은 그들이 그 후로도 오랫동안 행복하게 살았다고 전했다. 그리고 어떤 사람은 로제트가 생의 마지막 순간에 거미로 변했기 때문에 결코 죽은 게 아니라고 말하기도 했다. 그래서 오늘날까지 집 뜰에 사는 거미의 몸에는 로제트(장미꽃 모양의 장식) 무늬가 새겨져 있다고 전해지고 있다.

코레이 공주의 납치

그리스 신화에서 저승세계의 왕비 페르세포네는 대지의 여신 데메테르의 딸이다.
저승세계의 왕 하데스가 페르세포네를 납치해서 왕비로 삼았던 것인데,
이는 남성이 여성에게 가한 최초의 성적 폭력으로, 또 어머니 데메테르로부터
딸을 빼앗았다는 의미에서 모권 상실의 신화적 기원으로 해석할 수 있다.
이는 그리스 신화가 보여주는 가부장 문화의 극단적인 예라 할 것이다.
다른 측면에서 이런 납치와 어머니의 슬픔은 계절의 기원, 생성과 소멸에 관한 신화적 해석을
낳기도 했다. 페르세포네가 어머니 곁으로 돌아가면 자연은 그를 맞는 기쁨으로 다시 소생하고
지하로 내려가면 대지는 시름에 잠겨 푸른 빛을 잃는다는 것이다.
'파괴자'라는 뜻의 페르세포네는 지하세계의 할머니를 나타내는 말이며, 달과 동일시되고
농사에 영향을 미치는 여신이자 어두운 밤의 여신인 헤카테의 다른 이름이다.
한편, 페르세포네가 지하세계에서 먹은 석류 때문에 일 년의 절반은 그곳에 속하게 되었는데,
이 석류는 그 모양새와 붉은 과즙 때문에 여성의 자궁을 상징하는 것으로 여겨졌으며,
지하세계의 여신에게 제물로 바쳐지곤 했다.
우리는 이 신화에서 자연을 다스리는 여신, 우주적 어머니의 모습을 볼 수 있을 것이다.
새 이야기에서는 페르세포네 대신 코레이 공주가 나온다.

옛날 아주 오랜 옛날, 타이타니아라고 알려진 요정들의 여왕 데메테르에게 아름다운 딸 코레이 공주가 있었다. 당시에는 요정들이 모든 자연을 다스렸다. 그들이 노래하고 춤을 추면 꽃이 피고, 열매가 맺히고, 산들바람이 불고, 별들이 반짝이고, 시냇물이 흐르고, 대지는 아름다워졌다. 그때는 일 년 내내 날씨가 좋았고, 봄 여름 가을 겨울이 따로 있지 않았다.

데메테르에게 코레이 공주는 눈에 넣어도 아프지 않을 만큼 소중한 딸이었다. 그녀는 석류나무가 있는 언덕에서 요정들과 어울려 춤추는 것을 좋아했다. 그녀는 또 석류를 무척 좋아했다.

데메테르 여왕은 곡식이 잘 익도록 구름이 해를 가리지 않게 했고, 일정 기간을 두고 비를 내리게 했다. 코레이 공주가 좋아하는 언덕에는 항상 햇빛과 달빛을 가득 채워주었다. 공주가 요정들과 달빛 아래서 둥근 원을 만들어 춤추는 걸 좋아했기 때문이다.

이처럼 지상의 세계는 요정들의 것이었고 땅속 깊은 동굴에 사는 트롤(북유럽의 신으로 동굴이나 야산에 산다는 거인)들은 요정들의 땅에 올라올 수 없었다. 지하세계는 영원한 밤의 영역이었다. 그들의 임무는 지상에서 죽은 이들을 지하세계로 데려가고 죽은 영혼들의 세계를 다스리는 것이었다.

플루토는 트롤들의 왕이자 저승세계를 지배하는 왕이었다. 그는 어둠과 죽음으로 가득 찬 지하세계가 어쩐지 싫었고, 때로는 자신들에게 부여된 임무가 달갑지 않았다. 그는 지상과 같이 밝고 향기

로운 무언가를 갖고 싶어했다. 트롤들은 천성이 매우 탐욕스러워서 자기들이 소유하고 있는 값비싼 보석들을 행여 도둑이 훔쳐가기라도 할까봐 바위 속에 숨겨두었다. 그들은 무엇이든 더 많이 소유하고 싶어했다. 플루토는 지상의 요정들이 자기보다 더 좋은 것들을 많이 가지고 있을 거라고 생각했다. 그 중에서도 그가 가장 탐내는 지상의 존재는 코레이 공주였다.

코레이 공주가 좋아하는 언덕에는 지하세계로 이어지는 작은 동굴이 있었다. 그것은 항상 나뭇가지로 입구가 가려져 있어 아무도 동굴이 있다는 것을 알아채지 못했다. 플루토 왕은 가끔 그 통로로 나와 몰래 춤추는 요정들을 훔쳐보았다. 그는 코레이 공주가 꽃을 피게 하고, 열매를 맺히게 하고, 산들바람이 불게 하고, 별을 반짝이게 하고, 시냇물을 흐르게 하고, 땅에 좋은 것들을 자라게 하는 모습을 지켜보았다. 그는 공주를 납치해 그의 신부로 만들기로 결심했다. 그녀를 자신의 영역으로 데려오면 그가 탐내던 지상의 빛과 향기를 자신이 다스릴 수 있을 거라고 생각했다.

플루토 왕은 주도면밀하게 계획을 세웠다. 그는 자신의 신부가 될 요정을 위해 동굴 안에 궁전을 만들었고, 창고에 있던 보석들로 궁전을 장식했다. 가장 멋진 유령을 공주의 시종으로 뽑았고, 금속 세공인과 조각가를 불러 가장 훌륭하고 화려한 벽옥으로 그녀가 앉을 왕좌를 만들도록 명령했다. 또 루비가 박힌 은관과 거대한 다이아몬드가 박힌 백금홀, 무지개 빛깔의 흑요석 식탁과 엷은 자줏빛 옥침대도 만들게 했다. 공작 석판으로 벽을 두르고 눈처럼 새하얀 대리석으로 마루를 깔았으며, 지상에서 가장 뛰어난 보석 세공인을 저승으로 불러들여 녹주석과 마노와 호박, 옥수와 오팔 따위로 장신구를 만들게 해 공주의 방을 치장했다. 그렇게 해서 지하세계의 왕은 아름다운 코레이 공주를 신부로 맞이할 준비를 모두 끝마쳤다.

플루토는 혼자 흐뭇하여 화려하게 꾸민 방을 둘러보았다. 분명 코레이 공주도 이토록 멋진 궁전을 본다면 지상세계보다 훨씬 더 아름답다고 생각할 것이었다. 플루토는 이렇게 확신하며, 그녀를 위해 들인 보석과 수많은 비용이 조금도 아깝지 않다고 생각했다.

"꽃은 아름답긴 하지만 하루 만에 시들고 말지. 하지만 사파이어는 영원히 아름답지. 바보가 아니라면 분명 그 아가씨도 하루면 시들어버리는 것보다 영원히 아름다운 것을 더 좋아할 거야."

플루토가 혼자 중얼거렸다.

이제 공주를 유괴하는 일만 남았다. 플루토는 언덕의 동굴 입구에서 코레이 공주가 나타나기를 기다렸다. 마침내 공주가 나타나자 커다란 바위를 부수고 요란한 소리를 내며 동굴 밖으로 뛰쳐나가 공주를 붙잡았다. 그는 공주를 어깨에 메고 재빨리 동굴 안으로 들어왔다. 플루토의 험악한 얼굴과 커다랗고 시커먼 모습에 시녀들은 비명을 질러대며 데메테르에게 달려가 트롤이 공주를 납치하여 지하세계로 끌고 갔다고 보고했다.

플루토는 코레이 공주를 위해 마련한 궁전에 그녀를 내려놓았다. 그러나 유감스럽게도 공주는 그 방을 좋아하지 않았다.

"너무 어두워요."

그녀가 불평했다.

"차갑고, 축축하고, 여긴 꽃도 없어요."

플루토는 공작석 벽과 대리석 바닥, 벽옥 왕좌와 은관과 아름다운 장신구들로 공주의 관심을 끌어보려고 애썼지만 허사였다. 그는 공주에게 금과 황수정으로 만든 목걸이와, 청금석과 석류석으로 만든 팔찌도 선물했다. 그러나 코레이 공주는 매일 한숨과 탄식만을 내뱉을 뿐 거의 먹지도 자지도 않았다.

그녀는 빛나는 보석에 눈길 한 번 주지 않았고, 무엇이든 명령을 기다리는 유령시종을 할 일 없게 만들었다. 코레이 공주는 점점 야위고 창백해져갔다. 생기로 넘쳤던 화사한 얼굴은 거칠어지고 메말라갔다. 머리를 빗고 몸을 치장하는 것도 잊어버렸다. 머리카락은 불결해지고, 눈과 코는 너무 울어서 새빨개졌다. 그러자 플루토는 공주의 아름다움도 별수 없다고 생각했다. 그것은 일찍 시들어버리는 꽃이나 다름없다고 생각했다.

한편 지상에서는 데메테르 여왕이 딸을 잃어버린 슬픔으로 모든 일을 멈추고 궁 안에 틀어박혀 울기만 했다. 그러자 대지는 더 이상 꽃을 피우지 않았고, 열매를 맺지 않았다. 산들바람도 멈추고, 별들도 반짝이지 않았으며, 시냇물도 흐르지 않았다. 메마른 대지는 더 이상 결실을 맺지 않았다. 부지런한 손길이 닿지 않자 때를 노린 어두운 구름들이 하늘에 모여들어 햇빛과 달빛을 가려버렸다. 나무는 누렇게 마른 잎을 떨어뜨렸고, 풀은 갈색으로 변하면서 죽어버렸다. 흐르던 시내는 얼어버렸고, 새들도 더 이상 노래하지 않았으며, 씨앗도 새싹을 틔우지 않았다. 그 때문에 사람들은 먹을 것이 없다고 아우성이었고 굶주려 죽는 동물과 사람들이 늘어만 갔다.

이를 보다 못한 요정들이 데메테르를 찾아가서 그녀가 자연을 돌보지 않아서 지상의 생물과 인간들이 당하는 일들을 보고했지만 아무 소용이 없었다. 그녀의 슬픔은 어떤 말로도 달랠 수 없었다.

땅이 말라죽고 자신들의 터전이 사라져버리는 것을 앉아서 구경할 수만은 없었던 요정들은 자신들이 나서서 무언가 해야 한다는 것을 깨달았다. 방법은 단 하나, 코레이 공주를 다시 되찾아오는 것이었다.

하지만 요정들의 마법은 태양으로부터 생겨나는 것이니 어쩌랴. 요정들의 마음은 비록 간절하다 하나 지하세계에선 아무 힘을 쓸 수 없었다. 그들은 자칭 세상에서 가장 위대한 마법사라는 늙은 난쟁이 요정 주즈를 찾아가 하소연했다. 요정들은 주즈에게 대지가 완전히 말라 죽어버리기 전에 지하세계로 내려가 코레이 공주를 구출해달라고 부탁했다.

"대가는 뭐지?"

주즈가 요정들에게 물었다.

"성공한다면, 당신에게 하늘의 성을 주고 하늘의 왕이 되도록 하겠어요."

요정 대표가 대답했다.

주즈는 해볼 만한 거래라 그 자리에서 승낙했다. 그리고 배낭을 꾸려 플루토 왕을 방문하기 위해 출발했다. 그는 두 세계의 통로인 동굴 입구를 알고 있었다. 동굴 입구에서 주즈는 가지가 까만 석류나무를 보았다. 그는 나무의 정령에게 말을 걸었다.

"이상하구나, 검은 나무야. 넌 어떤 종류의 나무지?"

"난 죽음의 열매를 맺는 나무란다."

석류나무의 정령이 말했다.

"목마르고 배고픈 영혼들에게 난 열매를 제공하지. 그러나 내 열매의 씨앗을 하나라도 먹는 사람은 다시는 지상으로 되돌아갈 수 없지."

"그렇다면 네 열매를 먹으면 안 되겠구나. 난 하늘의 왕이 될 운명이거든. 더구나 지하세계에 영원히 머물러야 하는 신세는 되고 싶지 않다구."

"맘대로 하렴. 너도 그곳에서 지내보면 알겠지만 지하세계도 그렇게 나쁘지만은 않아. 땅 위에 있는 것만이 모두 좋은 것은 아니지. 땅속에 있는 튼튼한 뿌리가 아니라면 난 폭풍에 쓰러져 죽어버렸을 거야."

"네 뿌리가 영원히 시들지 않기를 바랄게."

주즈가 진심으로 말했다. 주즈는 석류나무를 지나 지하세계로 들어갔다. 그곳에서 제각기 잔인한 표정을 하고 있는, 머리 셋에 꼬리가 셋 달린 크고 무시무시한 문지기 개를 만났다.

"넌 아직 죽지 않았잖아."

문지기 개가 이빨을 드러내며 으르렁거렸다.

"여기엔 뭘 하러 왔어?"

"플루토 왕에게 볼일이 있어."

주즈가 말했다.

"왕은 너같이 살아 있는 놈과는 볼일이 없어. 꺼져!"

문지기가 계속 으르렁거렸다.

"그는 날 만날 거야. 난 그에게 좋은 걸 줄 수 있거든."

그러자 문지기가 더욱 씩씩거렸다.

"플루토 왕은 없는 것 빼고 다 있어. 수정, 다이아몬드? 이런 보석쯤이야 당연하지. 그런데 네가 뭘 줄 수 있다는 거야?"

"황금보다 더 귀하고 값을 매길 수도 없어. 그러니 너한테 먼저 말할 수야 없지. 어서 길이나 비켜줘. 그러면 왕이 네게 상금을 내릴 거야. 내가 약속하지."

"건방진 놈이구나. 들어가. 하지만 만약 네 말이 거짓말이라는 게 밝혀지면 그날로 넌 산 채로 귀신이 될 줄 알라구. 내 말 명심해. 그렇게 되면 재미없으니까."

"나도 네 꼬리가 영원히 흔들릴 수 있길 바랄게."

주즈가 공손하게 말했다. 문지기를 통과한 주즈는 왕이 사는 어둠의 궁전으로 들어갔다. 그곳에는 창백하고 투명한 유령들이 정처 없이 떠돌며 우글거렸다. 어떤 유령은 자신의 운명을 한탄하고 있었고, 어떤 유령은 모든 것을 포기한 듯 담담했으며, 그저 멍하니 있는 유령도 있었다.

트롤들은 이쪽저쪽에서 무리를 지어 바위를 깨 수정을 캐내거나 지하수에서 사금을 가려내고 있었다. 석유 호수가 검게 흐르고 있었고 석주들도 보였다. 공기에서는 축축한 흙냄새가 풍겼으며 오싹하니 나쁜 기운이 느껴졌다.

"제 어미가 금이야 옥이야 키운 공주가 이런 데서 사는 신세가 되었다니, 정말 안됐군. 데메테르 요정이 울고불고 난리칠 만도 하지."

주즈가 혼자 중얼거렸다.

어둠의 궁전에 도착한 그는 왕에게 중요한 용건이 있다고 밝혔다. 하인이 그를 플루토의 방으로 안내했다. 플루토 왕은 검은 얼룩 무늬의 마노 왕좌에 앉아 있었고, 그의 곁에는 검은 관복을 입은 신하들이 줄지어 서 있었다.

주즈가 절을 하자 플루토가 손을 내저으며 말했다.

"지상의 심부름꾼이여, 여기까지 나를 찾아온 용건을 말해라. 나의 귀중한 시간 가운데 오 분을 허락하겠다. 더 이상은 안 돼."

"저는 상상하실 수도 없는 거대한 왕국을 전하께 드리기 위해 왔습니다."

주즈는 계속해서 말했다.

"실은 세계의 절반이지요. 앞으로 죽은 이들의 땅은 지상으로 확대되어 지상의 모든 이들이 당신을 알고, 존경하고, 경외할 것입니다."

"굉장한 말이로군."

플루토가 비웃으며 말했다.

"누가 그렇게 할 수 있단 말이냐? 너냐? 웃기지 마라."

"네, 제가 할 것입니다. 왜냐하면 전 하늘의 왕이 될 몸이거든요. 위대한 왕이시여, 그렇게 되면 난 모든 것을 통제하는 위대한 힘과 권력을 가지게 됩니다. 당신의 지하세계까지도 다스릴 수 있는 힘이죠. 그러나 내가 하늘의 지배자가 되면 우주를 당신과 함께 나누겠습니다. 난 하늘과 살아 있는 것들의 땅을 다스릴 테니 당신은 불모의 땅과 죽은 것들의 땅을 영원히 다스리십시오. 죽음이 온갖 종류의 생명을 앗아가면 앗아갈수록 당신의 왕국은 끝없이 확장될 것입니다."

"그런데 누가 널 하늘의 왕으로 삼으려 한다지?"

플루토가 물었다.

"먼저는 요정들이죠. 다음은 사람들이 날 섬길 것입니다. 그리고 그들의 수가 많아지면 나는 더욱 위대해지고 강해지겠죠."

"어째서 요정들이 너 같은 놈을 받든단 말이냐?"

"내가 코레이 공주를 그들에게 돌려줄 테니까요. 그것이 바로 장래 누리게 될 영광 대신 죽은 자들의 왕이신 당신이 지불해야 할 대가랍니다. 요정들은 당신을 설득하고 코레이 공주를 되돌려주는 대가로 하늘의 왕국을 나에게 약속했습니다. 당신도 아시다시피 요정들은 한 번 세운 약속을 어기는 법이 없지요."

"그렇긴 해. 하지만 너같이 교활한 난쟁이 마법사를 어떻게 믿지? 네가 과연 약속을 지킬까? 대신들이여, 그대들은 어떻게 생각하는가?"

검은 대신들이 서로 수런거리며 의논을 했다. 그들은 플루토의 영역이 지상에까지 확대되면 자기들에게도 이익이 될 것이라고 결론을 내렸다. 자기들에게 위임될 권한이나 권력도 그만큼 커질 것이기 때문이었다. 대신들이 왕에게 진언했다.

"그 제안을 받아들이심이 어떨까 아뢰오. 그 제안은 폐하의 위엄을 높여줄 것입니다. 만약 일이 잘못된다 하더라도 손해 볼 것은 없습니다. 보시다시피 폐하께서는 코레이 공주가 필요없으십니다."

"사실 그녀는 절망적이야."

플루토는 생각에 잠겼다.

"공주는 시들어버린 꽃과 같아. 그녀는 아무것도 좋아하지 않지. 좋다, 마법사. 너의 제안을 받아들이마. 그 불쌍한 아가씨를 데리고 가거라. 하지만 약속을 지키겠다는 증거로 네 한쪽 눈을 남겨두거라. 그 눈은 네가 약속을 완전히 지켰을 때 돌려주겠다."

내키지 않았지만 주즈는 어쩔 수 없었다. 궁정 이발사가 재빨리 눈을 뽑고는 나중에 다시 붙일 수 있도록 은으로 소켓을 만들어 빈 눈두덩에 끼웠다. 주즈는 공주의 방으로 안내되었다.

창백하고 어딘가 아파 보이는 코레이 공주가 슬픈 표정으로 침대에 앉아 있었다. 공주는 주즈도 무심히 쳐다볼 뿐이었다. 그러나 자기를 지상으로 데려가기 위해 왔다는 얘기를 듣고는 금세 원기를 회복했다.

공주는 주즈가 이끄는 대로 긴 동굴 속을 통과했다. 아무도 그들의 길을 막지 않았다. 문지기 개는 험악한 표정으로 으르렁대면서도 그들이 지나갈 수 있도록 옆으로 비켜섰다.
　동굴을 막 나온 공주는 까만 석류나무에 탐스럽게 열린 빨간 석류를 보았다. 집에 돌아간다는 기쁨이 그 동안 잊었던 허기를 일깨워주었고 식욕을 돋우었다. 공주는 나뭇가지에서 석류를 한 움큼 땄다. 그리고는 달콤하고 붉은 열매 하나를 터트려 입 안에 넣었다. 어찌나 순식간에 벌어진 일인지 주즈가 막으려고 손을 뻗었을 때는 이미 늦은 뒤였다.
　"오! 공주. 당신은 죽음의 열매를 먹고 말았군요."
　주즈가 탄식했다.
　"마법의 열매를 먹은 이상 돌이킬 수 없게 되었어요. 이제 당신은 반은 지하세계에 속하게 되었어요. 또한 당신의 반은 지상세계에 속하죠. 플루토 왕이 당신을 놓아주기로 약속했으니까요."
　"난 그저 빨리 어머니를 보고 싶어요."
　코레이 공주가 돌아오자 요정 나라에선 잔치가 베풀어지고 모두들 다시 춤을 추었다. 요정들은 기쁨을 되찾았으며, 땅위의 모든 것들이 생명의 기쁨을 노래했다. 죽어가던 꽃과 나무들이 살아나 초록의 새순을 밀어올렸다. 먹구름이 사라지고 태양이 다시 빛났다. 찬 공기는 물러나고 따뜻한 기운이 몰려왔다. 다시 산들바람이 불었고, 별들이 반짝였으며, 대지는 다시 결실을 맺기 시작했다. 동물들이 다시 용맹스럽게 먹이 사냥에 나섰고 사람들은 기아에서 벗어났다.
　데메테르 여왕은 약속대로 주즈에게 하늘의 지배권을 넘겨주었다. 하늘의 성으로 가기 전, 주즈는 코레이 공주가 마법의 열매를 먹었기 때문에 완전히 지하세계에서부터 자유로운 것은 아니라고 경고했다.

"그 마법의 열매엔 해독제가 없어요. 공주는 일 년의 절반은 플루토의 왕국에서 살아야 한답니다. 그러나 매년 이맘때면 다시 돌아올 수 있을 거예요."

데메테르는 일이 이렇게 된 것이 몹시 언짢았다. 그러나 아무리 위대한 요정이라도 마법의 힘에는 어쩔 수 없이 체념해야 했다. 이 문제를 현실로 받아들이고 해결 방법을 찾아내는 수밖에 없었다.

여왕은 코레이 공주를 불러 자신의 운명을 침착하게 받아들일 것과 운명을 자신에게 유익하게 이용할 것을 당부했다. 코레이 공주가 지하세계에 있는 동안 무기력과 절망으로 시간을 보내는 대신, 플루토 왕을 능가하는 권력을 갖게 하고, 지하 왕국을 다스리는 여왕이 되게 하려는 것이었다.

데메테르는 공주를 매우 훌륭하게 교육시켰다. 지상에서의 반년이 지나고 지하세계로 돌아간 공주는 더 이상 깊은 한숨을 내쉬지 않았고 자신의 신세를 한탄하지도 않았다. 공주는 우아하고 자신감 있는 태도로 어둠의 군주를 맞이했다. 왕국의 축연에 플루토 왕과 함께 기꺼이 참석했고, 음식도 잘 먹었다. 그녀는 또한 왕으로부터 선물받은 보석들의 아름다움을 칭찬했고 감사해했다.

공주는 국정 운영과 트롤들의 채광 산업에도 관심을 기울였다. 왕은 공주의 변화를 매우 흡족하게 받아들였다. 그는 또 지상에서의 반 년이 공주의 아름다움을 회복시킨 것을 보며 기뻐했다. 플루토는 공주를 처음 본 순간처럼 사랑하게 되었고, 사랑하는 공주가 원하는 일이라면 뭐든지 허락해주었다.

그 후 어머니의 충고를 따라 죽은 이들을 친절하게 대한 코레이 공주는 죽은 자들의 진정한 여왕이 되었다. 그래서 그녀는 코레이 여왕으로, 또 죽음의 아가씨로 불렸다.

지상의 사람들은 죽음의 그림자가 느껴지면 그녀에게 호소했다. 그녀가 트롤들의 왕보다 훨씬 힘이 세고 자비로웠기 때문이었다. 해를 거듭할수록 플루토의 권력은 조금씩 그녀에게로 옮겨졌고, 그녀는 지하세계의 모든 영혼들이 가장 존경하고 경외하는 존재가 되었다.

그러나 공주가 없는 동안 데메테르는 또다시 슬픔에 빠졌고 땅은 시들해졌다. 겨울이 온 것이다. 그리하여 이 세상에 계절이 생기게 된 것이다. 춥고 메마른 겨울이 생겨났고, 만남의 기대와 생기로 가득한 봄과 딸을 다른 세계로 보내야 하는 이별의 우울함이 가득한 가을로 나뉘게 된 것이다. 코레이 공주는 해마다 봄이 되면 다시 돌아와 그녀의 어머니를 만났다. 그러면 요정들은 축제를 열어 지상의 생명을 되찾아주었다.

한편 플루토 왕은 적어도 반 년 동안은 요정들이 여전히 지상을 지배하기 때문에 주즈가 계약을 완전히 지키지 못한 거라고 생각했다. 그래서 그는 한쪽 눈을 돌려달라는 주즈의 요청을 거절했다.

플루토 왕은 하늘의 새로운 왕에게 다음과 같은 글을 띄웠다.

"난 단지 지상의 반만을 다스릴 수 있을 뿐이며, 나의 여왕을 반 년 동안 포기해야 하오. 그러므로 당신도 한쪽 눈만 가지고 있는 것이 마땅하오."

주즈는 화가 치밀었다. 그는 플루토를 거짓의 아버지며 사기꾼에다 악마라고 소문을 내고 다녔고, 지하세계에 대해 나쁜 소문을 퍼뜨렸다. 또 그는 사람들에게 지하세계와 죽은 사람의 영혼을 무서워하도록 가르쳤다. 그래서 사람들은 점차 지하세계에 대해 막연하지만 싫고 무섭고 오싹한 느낌을 가지게 되었다. 주즈는 요정들이 플루토와 지상세계를 양분했다는 이유 때문에 요정들과도 대립했다. 그래서 요정의 여왕 데메테르를 마귀할멈이라고 소문을 퍼뜨렸다.

주즈는 또 사람들이 지상과 지하세계의 신에게 바치는 경외심을 질시했다. 그래서 그는 자신만이 죽음과 환생, 세상의 법과 규칙을 만들고 바꿀 권한이 있다고 주장하며 사람들이 자기만을 숭배하도록 강요했다. 그는 땅의 모든 것 위에 군림하는 독재자가 되어갔다. 자기 맘에 안 든다고 해서 사람들에게 벌을 내렸고, 섬기는 대상이 다르거나 의식이 다르다는 이유로 사람들 사이에 다툼과 전쟁이 일어나게 했다. 그는 또 사람들이 사랑이나 육체적인 즐거움을 멸시하도록 조장했고 사람들의 마음에 요정은 곧 악령이라는 인식을 심어놓았다.

주즈가 이처럼 교란 작전을 벌였으니 이로 인해 목숨을 잃은 사람의 수는 상상을 초월할 정도였다. 그러나 아이러니컬하게도 죽은 이들의 세계는 더욱 넓어졌다. 동족이나 이민족 사이에 싸움이 끊임없이 일어났고, 그런 세상에서 죽음은 아주 보편적인 것이 되었다. 하늘의 군주에게 헌신적인 사람들은 지상의 사람들에게는 곧 폭력자로 통했다.

플루토 왕과 크론 여왕(코레이 공주)은 죽은 자들의 지역을 다스리면서 더 유명해지고 강력해졌다. 플루토 왕은 자신의 힘의 원천인 크론 여왕이 매년 코레이 공주가 되어 땅을 다시 미소짓게 하는 것을 보며 기쁨을 느꼈다. 데메테르와도 화해가 이루어졌다. 데메테르 역시 흙과 바위를 깊이 사랑하는 플루토를 존경하게 되었다. 그들은 대립보다는 협력이 더 좋다는 것을 깨닫고 서로 연합했다.

어떤 사람들은 죽음이 삶보다 강한 힘을 가지고 있다는 이유에서, 그리고 하늘보다는 땅이 사람들에게 더 가깝다는 이유에서 플루토 왕과 크론 여왕을 숭배했다. 더욱이 사람들은 깊은 땅속 트롤들의 보물을 동경하며 영원히 변하지 않는 보석과 광물을 찾으려고 끊임없이 바위를 깨기도 했다.

한편 돌려받지 못한 주즈의 한쪽 눈은 지하세계의 영원히 꺼지지 않는 불 속에서 타고 있었다. 그래서 사람들은 주즈를 애꾸눈의 신이라고 부르며, 자신의 분노를 감추느라 엉뚱한 이야기를 만들어낸 신으로 기억한다.

사람들은 점차 데메테르가 땅을 지배하고 다스리던 시절의 일을 까마득히 잊어버렸지만 그 시절에 대한 기억은 유전자처럼 후세 사람들에게도 이어져 영원한 향수를 불러일으켰다. 그래서 여전히 사람들은 땅이 데메테르에게 속해 있다고 생각하고, 요정이 세상에 이로운 정령이라 믿으며 요정과 만나게 되기를 희망하는 것이다.

괴물 가거일의 사랑 이야기

고딕양식의 대성당을 보면 왜 악마 형상의 괴물 조형들이 장식되었는지 의문이다.
추측건대 그것은 이교적 악마를 내쫓기 위한 목적 외에도 사람들에게 악마에 대한 두려움을
심어주고 그들을 경계하도록 하기 위해서일 것이다. 물론 현대의 영화 제작자들이나
장난감 제조업자들이 괴물 캐릭터를 더 선호하듯이 당시의 건축가들도 단순히 그런
가거일(Gagoyle : 이무기돌, 고딕양식의 건축물에 장식한 괴물 형상의 조각품) 만들기를
즐겼다고 볼 수도 있다.
중세 시절 성직자들은 많은 여자들이 악마를 숭배하고, 또 악마는 여자들을 보호해준다고 믿었다.
당시의 여자들은 모두 인류의 죄와 죽음에 대한 책임의 혐의를 받고 있는 존재들이었다.
여자는 악녀, 요부, 어리석은 자로 치부되었고 악마와 동일시되거나 악마와 가까운 존재로
인식되었다. 한 종교재판 편람에는 여자의 음욕이 마녀 능력의 유일한 원천이라고 기록되어 있다.
사람들에게 혐오감을 주는 형상이지만 순수하고 아름다운 마음을 가진 가거일 이야기는
악마에 대한 사람들의 편견과 허무맹랑했던 마녀재판의 한 단면을 꼬집고 있다.

▨▨▨ 옛날 어떤 마을에 아주 오래된 대성당이 있었다. 하늘을 찌를 듯 높은 첨탑 구석에는 가거일이 웅크리고 앉아 있었다. 돌로 만들어진 그의 형상은 항상 손으로 턱을 괸 자세였고, 두 날개는 등 뒤로 접혀 있었다. 어금니 사이로 혀가 삐죽 튀어나와 있는 모습은 보는 사람들에게 호감을 주기는커녕 무섭고 혐오감을 주는 것이었다. 좋은 날이든 궂은 날이든 그는 언제나 같은 자리에 앉아서 인간 세상을 지켜보았다. 사람들은 모르는 일이지만, 가거일들은 가끔 밤에 자리를 떠나 어둠을 타고 날아다니기도 했다. 어쩌다가 그들을 본 사람들은 자신이 헛것을 보았거나 악몽을 꾸었다고 생각했다.

밤이 되면 가거일은 길을 따라 늘어선 집들을 향해 날아갔다. 그가 가는 곳은 늘 정해져 있었는데, 메리라는 아가씨가 사는 집이었다. 가거일은 메리가 꼬마 말괄량이 시절부터 그녀의 성장 과정을 쭉 지켜보았다. 그녀는 귀엽고 사랑스런 아이였다.

가거일은 메리를 매일 지켜보다 보니 어느새 정이 들었고, 깊이 사랑하게 되었다. 물론 메리는 알 턱이 없지만 말이다. 마음 아픈 일이지만 메리는 옆집에 사는 피에르를 사랑하고 있었다. 메리와 피에르는 어릴 적부터 함께 다니며 놀았고, 성숙한 아가씨와 청년이 되자 결혼을 약속하게 되었다.

가거일은 멀리 피에르의 모습이 나타나기만 해도 차가운 시선을 보냈다. 그 눈길은 마치 성당 안을 장식하고 있는, 사람들에게 많은 사랑을 받는 아름다운 조각품들을 질투할 때와 같았다. 사람들은 그 조각상들 앞에 설 때마다 엄숙하고 경건한 표정을 지었고, 그들 앞에 항상 촛불을 밝히고, 꽃을 장식했다.

"사람들은 왜 저들에게만 잘해주지? 죽을 고생 하며 성당을 지키는 건 우린데 말이야. 어째서 우린 늘 이렇게 추운 바람을 맞고, 습한 공기를 마시며 앉아 있어야 하는 거야?"

한 가거일이 운을 떼면 여기저기서 가거일들이 동감하며 투덜거렸다.

"우리도 똑같은 유명 건축가가 만든 조각품이잖아. 우리도 안에 있을 수 있고 사람들로부터 선물과 찬사를 받을 만한데 말이야."

"정말이지 불공평한 일이야."

물론 성당 안의 조각상들보다 나은 게 없는 건 아니었다. 조각상의 날개는 아름다워도 아무 소용이 없는 반면 가거일은 자신의 날개로 밤마다 날아다닐 수 있는 자유를 누렸기 때문이다. 가거일들은 그것으로 자신의 신세를 위안삼았다. 사실 그들은 더 멀리 볼 수 있었고 더 자유롭게 살고 있었다. 그래서 가거일들은 안에 있는 조각상들을 부러워하면서도 슈크림이니 기생 오라비니 애완동물이니 하며 놀려댔다.

특히 메리를 사랑하는 가거일은 구석이지만 가장 전망이 좋은 데 자리잡고 있어서 다른 가거일들보다 더 멀리, 더 넓게 볼 수 있었다. 마을의 풍경이 한눈에 들어왔다. 그래서 그는 종종 동료들이 볼 수 없는 곳에서 일어나고 있는 여러 가지 사건들을 이야기해주곤 했다.

　가거일들은 사람들의 싸움, 범죄, 방화, 전쟁, 폭동 같은 것에 관심이 많았다. 그들은 종종 자신들이 목격한 대혁명 같은 역사적인 사건들에 대해서도 이야기를 주고받았다. 일상적인 일들은 수백 년 동안 되풀이되며 보아온 것이기 때문에 지루하기 짝이 없었지만 역사적인 사건들은 정말 흥미진진했다. 그들이야말로 역사의 산증인이었다.

　몇백 년을 지루하게 앉아 있던 가거일에게 메리의 존재는 유일한 즐거움이었다. 나날이 성장하는 그녀의 모습을 보며 기뻐했고, 그녀가 우울한 날이면 가거일 역시 우울해졌고, 그녀가 실수를 저지르면 가거일은 "저런!" 하며 안타까워했다. 무엇보다도 가거일은 그녀가 쓰레기더미 위에 피어난 꽃처럼 불행한 환경 속에서도 부드러움과 사랑을 잃지 않는 것에 감동을 받았다. 피에르도 그녀의 착한 심성에 매혹된 듯했다. 피에르와 메리는 잘 어울리는 한 쌍이었고 함께 있는 두 사람의 표정은 늘 행복에 젖어 있었다.

　어느 날 밤, 여느 때처럼 가거일은 그녀의 침실 창문으로 날아가 창턱에 앉았다. 그런데 잠든 줄 알았던 메리는 그때 깨어 있었다.

　메리는 자신을 쳐다보고 있는 가거일을 보고 비명을 질렀고 그 바람에 온 식구들이 다 깨었다. 당황한 가거일은 처마 위로 훌쩍 뛰어 올라갔다. 메리는 달려온 식구들에게 방금 자신이 악마를 보았다고 외쳤다.

　"쉿, 나쁜 꿈을 꾼 게로구나."

그녀의 어머니가 부드럽게 이야기했다.

"아니, 아니에요. 난 깨어 있었어요. 분명히 깨어 있었다구요."

메리가 주장했다.

메리의 아버지는 창밖을 내다보고는 쥐새끼 한 마리 보이지 않는다고 말했다. 메리는 창문을 단단히 잠그고 커튼을 내리고서 다시 잠자리에 들었다.

다시 제자리에 돌아온 가거일은 마음이 아팠다. 메리가 악마라고 말했기 때문이다. '악마'라는 말이 가거일의 마음속에서 내내 울려퍼졌다.

가거일들은 눈꺼풀이 없어 밤에도 눈을 감을 수가 없었고, 낮이건 밤이건 거리에서 일어나는 일들을 모두 지켜볼 수 있었다. 요사이 가거일들 사이의 화젯거리는 밤에 여자들을 겁탈하는 아주 나쁜 남자에 대한 것이었다. 측면 벽 쪽에 자리잡은 가거일도 보았다 하고, 정면 가운데 앉은 가거일도 보았다 했다. 그 나쁜 남자는 벌써 세 명의 여자를 겁탈하고 죽였는데도 잡히지 않고 있었다. 가거일들은 강 건너 불구경하듯 호들갑을 떨면서 나쁜 남자의 행동거지를 지켜보았다.

가거일들이 지켜본 결과 그 악한은 희생물을 고르고 나서 며칠, 혹은 몇 주 동안 그 여자 주변을 맴돌면서 어떻게 침입을 하고 빠져나올 것인지 치밀하게 범행을 준비한다는 것이다. 그러던 어느 날, 가거일은 그 악한이 메리를 뒤쫓기 시작하는 걸 보고 소름이 오싹 끼쳤다. 메리는 전혀 눈치채지 못하고 있었다.

조마조마한 마음으로 메리의 집을 지켜보던 가거일은, 어느 날 부모가 여행을 떠나고 메리 혼자 집에 남는다는 걸 알았다. 메리의 부모는 메리에게 집 열쇠를 주면서 문단속을 잘 할 것을 당부하고는 그녀에게 작별키스를 했다. 메리는 힘껏 손을 흔들며 부모님을 전송했다. 그때 악한이 길 모퉁이에서 그들의 작별 장면을 지켜보고 있다는 것은 오직 대성당의 가거일들만이 아는 일이었다.

가거일은 불안해서 메리의 집에서 한시도 눈을 뗄 수가 없었다. 이윽고 밤이 되자 악한이 나타났다. 그는 잠긴 문을 열고 집 안으로 들어갔다. 가거일은 안절부절못하고 난간을 오르락내리락 했다.

"가서 그녀를 구해줘."

왼쪽에 있는 가거일이 말했다.

"내가 어떻게? 그녀는 날 악마로 생각하는데."

"그놈도 널 악마로 볼 테니 잘됐지 뭐."

오른쪽에 있는 가거일이 거들었다.

"그냥 보고만 있을 거야?"

"그래, 얼른 가서 도와주라구!"

여기저기서 다른 가거일들이 응원했다.

동료들의 충고와 격려에 용기가 생긴 가거일은 메리의 창문으로 날아갔다. 창문은 잠겨 있었지만 커튼은 쳐 있지 않았다. 그는 유리창 너머로 악한이 칼로 메리의 목을 겨누고 있는 걸 보았다. 놀라서 눈이 휘둥그레진 메리는 비명도 지르지 못하고 울먹이고 있었다. 그런데 가거일은 엉거주춤한 모습으로 창턱 위만 왔다갔다했다. 악한이 메리의 잠옷을 벗기려고 바짝 다가섰다.
"오, 하느님 도와주세요."
그녀는 울고 있었다.
"하느님이 당신을 도와주지 않는다면 내가 도와줄 거야."
가거일은 혼잣말을 하고는 창문을 향해 힘껏 돌진했다. 그의 단단한 몸집 때문에 유리창은 산산조각이 났다. 가거일은 악한이 고개를 돌려 자신을 보기도 전에 발톱으로 악한의 목을 할퀴고는 그를 침대에서 끌어내렸다. 악한의 몸은 넝마처럼 흐느적거렸다. 가거일은 악한의 칼을 빼앗아 창밖으로 던져버렸다.

메리는 새파랗게 질린 얼굴로 주저앉아 있었다. 가거일은 악한을 한 손에 들고 다른 손으로 메리의 손을 가져다가 자신의 머리 위에 올려놓았다. 그리고는 그녀가 자신을 칭찬해주기를 기다렸다. 메리는 여전히 얼떨떨한 상태에서 가거일의 머리를 쓰다듬어 주었다. 그러자 가거일은 악한을 들고 깨진 창문을 통해 날아갔다. 그러나 가거일은 첨탑 구석의 자기 자리에 앉으려다 실수로 그만 악한을 떨어뜨리고 말았다.

다음날 아침, 사람들은 만신창이가 된 채 죽어 있는 악한을 발견했다. 사람들은 그가 어떻게 떨어졌기에 교살당한 것같이 목에 심한 상처를 입었는지 의아해했다. 관원들 몇 명이 난간으로 올라와 단서를 잡으려고 여기저기 뒤졌다. 그러나 그들은 한 방울의 핏자국도 발견하지 못하고 돌아갔다. 가거일들은 모두 이빨 사이로 혀를 삐죽 내민 채 그들을 조용히 지켜보고 있었다.

대성당의 사제들은 이 사건을 이렇게 해결했다. 그 남자는 악마들의 공격을 받아 용감하게 싸우다가 대성당으로 피하려고 했지만, 불행하게도 그가 성당 문에 이르기 전에 악마들 중 하나가 그의 목을 졸라 죽였다는 것이었다.

그 사건이 있은 지 이틀 후 메리는 성당의 난간으로 올라왔다. 메리는 가거일들의 얼굴을 하나하나 자세히 살펴보았다. 그녀의 손에는 꽃과 작은 양초가 들려 있었다.

구석의 가거일 앞에 이른 메리는 가거일의 머리에 화환을 얹고, 초에 불을 밝혀 가거일의 발 앞에 놓았다. 가거일의 시선을 따라가 보니 그곳에 자신의 집이 내려다보였다. 집에서 창문을 수리하는 중이었다.

그 후 메리는 거의 매주 그 난간을 찾아왔다. 그녀는 올 때마다 가거일에게 줄 작은 선물들을 가져왔고, 곁에 앉아 얘기도 했다. 가거일의 기쁨은 이루 말할 수 없었다.

하루는 그녀의 약혼자 피에르가 메리를 몰래 뒤따라왔다. 피에르는 요사이 메리의 행동이 이상하다고 생각했고 날을 정해 뒤를 밟아보기로 한 것이다. 피에르는 기둥 뒤에 숨어 메리가 데이지꽃 다발을 가거일의 무릎에 놓고, 가거일의 뾰족한 어깨를 가볍게 두드리더니 곁에 앉는 것을 보았다. 그 순간 숨어 있던 피에르가 뛰쳐나와 메리의 팔을 붙들며 소리쳤다.

"메리, 지금 무슨 짓을 하고 있는 거야? 악마 숭배자라도 된 거야?"

메리는 깜짝 놀라 피에르를 쳐다보았다. 그러나 그녀는 피에르의 손을 뿌리치며 몸을 일으키고는 말했다.

"너하고 상관없는 일이야, 피에르."

"상관없다고? 당연히 상관이 있지. 넌 내 아내가 될 사람이야. 난 내 아내가 될 사람이 악마 숭배자가 되는 걸 용납할 수 없어."

"이건 악마가 아니야. 그저 가거일일 뿐이라구. 그리고 중요한 건 이 가거일이 날 살려주었다는 거야."

"메리, 무슨 말을 하는 거야? 이건 신성모독에다 망령스럽고 미친 짓이야. 너를 구해준 분의 형상은 이 성당 안에 있다구."

"미안해, 피에르. 그건 그렇지 않아. 날 구해준 건 바로 여기 있는 이 가거일이라구."

메리는 가거일의 접혀진 날개 위에 손을 얹었다.

"네가 이러는 것도 일리는 있어, 피에르. 난 거기 있었지만 넌 없었으니까. 나도 처음에 가거일을 보았을 땐 오해했었어. 악마처럼 보였지. 그리고 단지 나쁜 꿈을 꾼 거라고 생각했어. 하지만 이제 난 가거일을 잘 알게 되었어."

피에르는 눈물을 흘리며 메리를 껴안았다.

"나의 가엾은 사랑, 너무도 끔찍한 일을 당해서 네 마음이 혼란스러워진 거야. 난 신부님들이 이 사실을 알고 너를 마녀에다 악마 숭배자로 고발할까봐 두려워. 메리, 그러면 무슨 일이 일어나는지 알아? 그건 정말 끔찍한 일이야. 난 상상조차 하기 싫다구. 널 잃고 싶지 않아. 더구나 그런 식으론 말이야."

"지금 무슨 말을 하는 거야? 내가 거룩한 성당을 온통 악마의 형상으로 덮어놓고 사람들에게 악마를 숭배하라고 부추기기라도 했단 말이야?"

"신부님들이 어째서 그러시는지는 나도 몰라. 왜라는 의문을 갖는 건 우리가 할 일이 아니니까. 중요한 건, 네가 그들에게 의문을 제기한다면 그들이 네 몸을 망가뜨리고 네 영혼을 불태울 수도 있다는 거야. 신부님들에게 들키기 전에 이 악마 형상에게 선물을 갖다 바치는 걸 그만둬. 정말로 네가 걱정돼서 그래."

피에르의 말에 메리가 흥분해서 말했다.

"난 세상이 무언가 잘못 돌아가고 있다는 생각이 들어. 강간에다 살인을 한 사람은 잡히지 않고, 남에게 해라고는 눈곱만큼도 준 적이 없는 내가 고발당해야 하다니. 난 네가 용감한 남자라고 생각하지만, 눈에 보이지 않는 정신적인 것에는 그만큼 용감하지 못하다는 게 유감이야. 난 이 가거일이 좋아. 여기 앉아 가거일과 함께 저 아래 펼쳐진 마을과 산과 들을 바라보고 있으면 마음이 편안해지거든. 사람들이 뭐라고 말해도 상관없어. 그냥 여기 있게 내버려둬, 피에르. 난 어느 누가 말려도 이 일을 그만두지 않을 거야. 설령 그게 너라고 해도."

"그 동안 많은 여자들이 마녀재판을 받고 화형을 당했다는 사실을 잊지 마. 또 이성을 벗어난 말을 하거나 또… 또… 사람들과 다른 생각을 가져서는 안 돼."

피에르가 주저하며 말했다.

"알았어. 비밀로 할게."

피에르는 메리에게 입맞춤을 했다. 여전히 걱정이 가시지 않았지만 메리의 말에 한발 물러섰다. 메리는 마지막으로 가거일을 쓰다듬었다. 그리고는 피에르의 등 뒤에서 가거일에게 윙크를 보낸 뒤 피에르의 팔짱을 끼고 내려갔다.

다른 가거일들이 모두 부러움으로 가득 찬 눈길을 보냈다. 진짜 인간이 그를 좋아해주었고, 또 변호까지 해주었기 때문이다. 이제 가거일들은 영광받을 만한 일을 아무것도 하지 않은 성당 안의 조각상들보다 성당 밖의 가거일이 훨씬 낫다고 확신했다.

메리는 가거일과 함께 있는 동안 가거일로부터 간단한 백마술(선한 목적을 가지고 사용하는 마술)을 배웠다. 그러나 그 사실은 몇 명의 이웃만이 알고 있었을 뿐 신부들은 눈치채지 못했다. 피에르와 대성당에서 결혼식을 올린 후 메리는 가거일에게 결혼 축하 케이크를 나누어주었다.

메리와 피에르는 행복하게 살았다. 그리고 가거일이 내려다보는 그 거리에서 아이들이 태어나고 자랐다. 이제 가거일의 가장 큰 즐거움은 메리의 아이들이 나날이 커가는 모습을 지켜보는 것이었다. 가거일은 가끔 이빨 사이로 혀가 삐죽 나와 있는 입가에 미소를 띠곤 했다.

살로마의 하강과 일곱 문

이 이야기는 서아시아의 이난나와 이슈타르의 하강 신화를 연상시킨다. 수메르의 여신 이난나는
하늘의 여주인이며 풍요와 사랑의 여신으로, 죽음의 여주인인 에레슈키갈을 만나러 지하세계로 간다.
이때 이난나는 지하세계의 일곱 문을 통과할 때마다 옷이나 장식을 벗어주어야 했으므로,
에레슈키갈과 일곱 명의 재판관을 만났을 때는 벌거벗은 채였다. 결국 이난나는 말뚝에 매달려
뼈만 남기고 살집이 모두 벗겨지는 고통을 당한다.
새 이야기에서 살로마는 이난나, 혹은 이슈타르에 해당하고 칼리는 에레슈키갈에 해당한다.
칼리는 '검은 여자'라는 뜻의 힌두 여신으로, 그녀의 상징인 검정색은 무수한 희생자들의
피를 마신 데서 유래한다. 창조, 유지, 소멸이라는 속성을 갖기도 하는 칼리는 화려한 의상과
값비싼 장신구를 몸에 두르고 잘린 팔들로 만든 띠와 두개골의 목걸이를 걸치는 것으로 묘사된다.
이난나는 바빌로니아의 신화에서 이슈타르로 변용되는데, 이슈타르는 연례적으로 사라지는
남편 탐무즈로 인해 비탄했다고 한다. 신화에서 탐무즈의 연례적인 죽음, 재생, 결혼은
농업의 주기와 결부되어 있는 것으로 풀이된다.
아직도 서아시아 일부 지역에서는 풍요의 신 탐무즈를 숭배하고 있고 매년 그곳의 여인들은
예루살렘 사원에서 탐무즈를 위해 통곡하고 있다. 탐무즈 제사의례는 여신 이난나와 탐무즈의 결혼을
축하하는 축제와 그의 죽음을 애도하는 죽음의 축제를 중심으로 이루어진다고 한다.

■■■ 지금은 일부 지역에만 전해지는 이야기이지만 아주 오래 전에 있었던 일이다. 아름다운 여사제 살로마와 탐무즈 왕자는 사랑하는 연인 사이였다.

당시엔 해마다 한 번씩 왕족 남자들끼리 제비를 뽑아 죽음의 땅인 지하세계로 내려 보내는 풍습이 있었다. 그래야만 땅 위 곡식들이 잘 자라서 백성들이 기근을 면할 수 있다고 믿었기 때문이다.

어느 해 봄이었다. 탐무즈가 제비뽑기에 걸렸고 자신의 애인이 뽑힌 것을 알게 된 살로마는 그만 사색이 되었다.

"그곳에 가시면 안 돼요. 절대로 가지 마세요."

살로마가 탐무즈에게 애원했다.

"그건 내 의무요. 어떻게 가지 않을 수 있단 말이오? 그럼 나보고 먼 나라 시골로 도망쳐 숨어살라는 말이오? 한 나라의 왕자로서 그런 비겁한 짓을 할 수는 없소."

살로마는 울기도 하고 화도 내면서 애원했지만 탐무즈의 마음은 확고했다. 이제까지 제비뽑기에 걸린 사람들은 모두 내려갔고, 그렇게 기꺼이 자신을 희생함으로써 신처럼 떠받들어졌다며, 자신도 그들처럼 명예롭게 죽길 원한다고 탐무즈는 말했다.

"그것이 나와 함께 있는 것보다 더 중요한가요?"

살로마가 물었다.

"다른 무엇보다도 중요하오. 당신도 사제니까 그쯤은 잘 알지 않소? 나는 백성들에 대한 의무를 다해야 하오. 그러면 백성들은 그

보답으로 나를 영원히 숭배할 거요."

탐무즈의 마음을 바꿀 수 없다는 것을 알게 된 살로마는 요정의 여왕인 자신의 어머니 아로디아에게 가서 하소연했다.

"탐무즈가 희생제를 치르고 하계로 내려가려고 해요. 어떻게 하면 막을 수 있을까요? 아, 제발 그이를 막아주세요."

"어떤 방법으로도 막을 수 없단다."

아로디아 여왕이 대답했다.

"막으려고 하면 안 돼. 누구든지 그 길을 따랐어. 그렇게 하지 않으면 백성들에게 재앙이 닥칠 거라고 사람들은 믿고 있단다. 그러니 희생제를 치른 다음 네가 탐무즈를 따라 내려가 그를 다시 데리고 오너라."

"어떻게 하면 되죠?"

"내가 일러주마. 하지만 결코 쉬운 일은 아니다."

"상관없어요. 무슨 일이든 하겠어요."

"그렇다면 잘 들어라. 제사가 끝나면 네 옷 중에 가장 좋은 옷 일곱 벌을 겹겹으로 입고 사원 안으로 들어가거라. 제일 바깥쪽에 빨강색을 입고 그 다음에는 주황, 노랑, 초록, 파랑, 자주색 순으로 입은 뒤 제일 안쪽에는 검정색 옷을 입어라. 그리고 사원의 맨 가운데 방에 들어가서 신상들 앞에서 쓰러질 때까지 춤을 추어야 한다. 실신할 때까지 말이다. 네가 하계의 일곱 문을 통과하려면 반드시 그렇게 해야 한다. 또 일곱 개의 문을 통과할 때마다 문지기들이 그 대가로 너의 옷을 요구할 게다. 그들의 요구를 다 들어주고 죽음의 땅에 다다랐을 때 너는 벌거숭이가 되어 있을 게야. 그리고 하계에는 세 개의 강이 흐르고 있는데 그 강을 건너려면 뱃사공에게 지불할 동전도 갖고 가야 한다. 마지막으로 너는 칼리 여왕을 만나야 된다. 그녀가 탐무즈를 살릴 수 있는 방법을 가르쳐줄게다. 그 이상은 나도 아는 게 없다. 가본 적이 없으니까 말이야. 나는 단지 요정들만 읽을 수 있는 비밀의 서에 적혀진 대로 말하는 것뿐이란다."

살로마는 어머니에게 감사를 표하고는 급히 옷장으로 달려가 춤추기에 적당한 가볍고 얇은 옷으로 일곱 벌을 골랐다. 그것들을 하나씩 겹쳐서 입으니 마치 몸이 구름 속에 겹겹이 싸인 것 같았다.

드디어 운명의 날이 밝아왔다. 탐무즈는 청자줏빛 옷을 입고 하얀 노새 위에 올라탔다. 심벌즈를 울리고, 뿔나팔을 불고, 종려가지를 흔드는 화려한 행렬이 앞장서서 사원 울타리까지 그를 인도했다. 울타리 중앙에는 거대한 나무 한 그루가 가지들이 잘린 채 서 있었다. 사제들이 탐무즈의 두 손을 나무에 묶었다. 그의 몸에서 피가 흐르기 시작했다. 탐무즈는 용감하게 모든 고통을 견디어 냈다. 살로마가 나무 밑동에 쓰러져 울고 있는 동안에도 그는 의식을 치르기 위해 던져지는 사제의 질문에 정확하게 대답했다.

그곳에 둘러선 살로마의 하녀와 여인들이 모두 소리내어 울었다. 사람들은 전통적으로 왕자를 하계로 보낼 때 여인들의 통곡이 꼭 필요하다고 믿고 있었다. 탐무즈가 오랫동안 꼼짝하지 않자 제사장들은 그의 영혼이 하계로 내려갔다고 선언했다. 사람들은 그의 몸을 나무에서 끌어내리고 화려하게 치장된 새 무덤으로 옮겼다.

살로마는 희생제가 끝나자마자 사원의 중앙에 있는 방으로 갔다. 그리고는 사방에 험상궂은 신상들이 우뚝 솟아 있는 옥좌 앞에서 춤을 추기 시작했다. 온몸이 녹초가 되고 숨이 턱까지 차올랐다. 일곱 개의 얇은 가운은 땀으로 범벅이 되었다. 의식을 잃을 때까지 그녀는 쉬지 않고 춤을 추었다.

어느 순간 사원의 윤곽이 희미해지더니 점차 그녀 눈앞에서 사라졌다. 그때 살로마는 발 아래에 입을 크게 벌리고 있는 거대한 심연 속에서 단속적인 섬광들을 보았다. 깊이를 알 수 없는 지하세계를 향해 난 길이 나선형으로 꼬불꼬불 이어져 있었다. 춤추는 발이 그녀를 길 위로 내딛게 했고 몸의 다른 부분들이 춤을 멈추게 할 수 없는 듯 그 뒤를 따랐다.

마침내 첫 번째 문에 도착한 그녀는 주황색 옷을 입고 손톱엔 새빨간 칠을 하고 머리에는 진분홍 뿔이 달린 빨간 동물에게 제지를 받았다. 그가 지키고 있는 문 역시 선혈처럼 붉은색으로 칠해져 있었고 문 위에는 루비, 석류석, 홍옥수 같은 붉은 보석들이 박혀 있었다.

문지기가 길을 막고 말했다.

"살아 있는 사람이 죽음의 땅을 통과하려면 대가를 지불해야 돼."

"대가를 지불하겠어요."

살로마가 자신 있게 대답했다. 그녀는 제일 겉에 입고 있던 보석이 달린 옷을 벗어 그에게 내밀었다. 문지기는 그것을 받고 문을

열어주었다. 그녀는 붉은 문을 지나서 붉은 강물이 흐르는 강둑 위에 다다랐다. 그것은 피의 강이었다.

강둑 아래쪽에는 작은 나룻배 한 척이 매어져 있었다. 두건을 쓰고 진홍빛 옷을 휘감은 해골 같은 모습을 한 사공이 한 손을 내밀어 뱃삯을 요구했다. 살로마는 떨리는 몸을 간신히 누르고 배에 올라 동전 한 닢을 사공의 손에 놓아주었다.

그러자 뱃사공이 즉시 배를 끌어당겨 노를 저으며 피의 강을 건넜다. 강에서는 끔찍하게 역겨운 피냄새가 풍겼다. 그녀는 냄새를 맡지 않으려 애쓰며 가까스로 멀미를 참았다.

건너편 둑은 온통 주황빛의 뜨거운 모래밭이었다. 그녀는 암벽 사이로 구불구불 나 있는 길을 따라 두 번째 문에 도착했다. 불꽃같이 밝은 주황빛 칠을 한 문 위에는 화단백석(오팔의 일종)이 박혀 있었고 문 양쪽으로 횃불이 타오르고 있었다. 문지기는 주황 옷에다 머리에는 양초가 타오르는 관을 쓰고 있었다. 그가 불타는 나뭇가지를 흔들며 말했다.

"당신은 살아 있기 때문에 대가를 치르지 않으면 죽음의 땅으로 들어갈 수 없소."

"대가를 치르겠어요."

두 번째 옷을 벗어주며 살로마가 말했다. 옷을 받아든 문지기가 문을 열어주었다. 두 번째 문을 지날 때는 열기 때문에 거의 숨이 막힐 지경이었다. 그곳은 불의 땅이었다. 그녀 주위의 바위 구멍마다 불꽃이 타올랐다.

그곳을 지나 그녀는 붉고 뜨거운 용암이 흐르는 강둑에 다다랐다. 녹슨 철선 한 척이 강가에 매어져 있었고 쇠로 만든 사람 형상의 인조인간이 타고 있었다. 그가 손을 내밀자 살로마는 동전 한 닢을 주었다. 배는 그녀를 태우고 불타는 강을 노저어 갔다. 강을 건너는 동안 철선은 만질 수도 없을 정도로 뜨겁게 달아올랐다. 다섯 겹의 옷이 보호해주지 않았더라면 아마 살로마는 타버렸을 것이다. 공기가 너무 뜨거워 그녀는 가까스로 숨을 내쉬었다.

건너편 둑은 황토빛 진흙이었는데 거대하고 샛노란 해바라기들이 울창하게 자라고 있었다. 꽃들은 마치 살아 있는 듯 그녀를 향해 고개를 숙이고 줄기를 꿈틀거렸다.

샛노란 황금빛의 세 번째 문은 빛을 내뿜는 태양 형태의 문양으로 장식되어 있고 나풀대는 눈부신 노랑나비떼로 둘러싸여 있었다. 문지기의 노란 옷에는 더 많은 나비떼가 달라붙어 있어서 문지기의 몸은 마치 반짝이는 노란 날개의 탑처럼 보였다.

살로마는 나비떼 문지기에게 세 번째 옷을 벗어주었다. 움직이기가 좀더 수월해졌다고 느끼면서 문을 통과하니, 그 안은 온통 유황으로 뒤덮인 풍경이 펼쳐졌다. 숨쉬기조차 힘든 악취를 내뿜고 있어서 살로마는 코를 움켜쥐고 입으로 겨우 숨을 내쉬었다. 고약한 냄새를 뿜는 샛노란 뾰족탑과 거대하고 투명한 유황탑 사이로 굽이친 길을 따라가니 네 번째 문이 나타났다.

짙은 초록빛 공작석으로 만들어진 네 번째 문에는 에메랄드가 박혀 있었다. 문지기는 온통 초목으로 뒤덮인 초록색의 거인이었고, 늘어진 나뭇잎 사이로 눈만 빼꼼이 보였다. 그녀는 초록색 거인에게 문을 통과하는 대가로 네 번째 옷을 벗어주었다.

살로마는 문을 지나 울창한 밀림 속으로 들어섰다. 무성하게 자란 푸른 초목 때문에 길이 보이지 않을 정도였다. 양치식물들을 두 손으로 헤치면서 어렵게 길을 찾은 그녀는 마침내 독성이 있는 녹조류로 뒤덮인 강가에 도착했다. 물이 얕고 느리게 흐르는 강에는 나룻배 대신 '아마존 석'이라고 불리는 밝은 초록빛 돌로 된 징검다리가 놓여 있었다.

다섯 번째 문은 '천상(天上)'이라고 불리는 돌로 만들어진 것으로, 빛나는 청금석과 그 위에는 에메랄드와 남옥이 별처럼 반짝이고 있었다. 문지기는 푸른 머리칼에 짙푸른 공단옷을 입은 맘씨 좋아 보이는 난쟁이 요정이었다. 그 역시 다른 문지기들처럼 대가를 요구하고 다섯 번째 옷을 받아들더니 가엾다는 듯이 살로마를 지그시 바라보며 물었다.

"왜 살아 있는 자가 일부러 죽음의 땅에 가려는 거요?"

그러나 살로마는 대답하지 않고 황급히 문 안으로 들어섰다. 그곳은 감청색 바위가 깔려 있고 그 틈새로 초롱꽃과 수레국화, 푸른 용담꽃이 무리지어 피어 있는 푸른색의 땅이었다.

여섯 번째 문은 거대한 반투명 자수정을 깎아 만든 것으로 희미한 자주색 불빛 속에서 빛나고 있었다. 문지기는 장대같이 키가 크고 마른 몸집을 가진 사내로, 그녀의 옷을 받으려고 내민 깡마른 손을 제외하고 머리부터 발끝까지 온통 자주색 벨벳으로 휘감고 있었다. 그가 문을 열자 끝없는 어스름과 보랏빛 안개, 그리고 자주색 꽃이 가득 핀 둑 사이로 작은 강이 흐르고 있었다.

그곳은 아무것도 위험해 보이지 않았다. 그런데도 살로마는 이 자줏빛 어둠 속으로 들어가는 일이 그 어떤 관문을 통과할 때보다 마음이 내키지 않았다. 보랏빛 안개는 금방이라도 무시무시한 형상으로 굳어버릴 것 같았다. 그녀는 경계하는 눈빛으로 주위를 살피며 안으로 들어갔다. 아무 일도 일어나지 않았지만 길을 따라가는 동안 내내 무거운 공기가 그녀의 마음을 짓눌렀다.

드디어 일곱 번째 문에 이르렀을 때 그녀는 눈앞이 캄캄해지고 가슴이 탁 막히는 기분이었다. 일곱 번째 문은 밤하늘을 배경으로 우뚝 서 있었다. 반들거리는 흑요석의 새까만 바위에 새겨진 그 문은 가까이 하기도 어렵고 들어갈 수도 없어 보였다. 문지기도 보이지 않았다. 그녀는 문 앞에서 걸음을 멈추었다.

그녀의 핏기 없는 몸이 이제 마지막 남은 검은 옷의 베일을 통해 뚜렷이 드러났다. 그렇게 얇은 천으로는 살을 에는 추위를 막아낼 수 없었다. 그곳에선 지상세계의 추위와는 전혀 다른, 외계의 어둠으로부터 뿜어져 나오는 듯한 지독한 추위가 느껴졌다. 몸을 잔뜩 웅크려 두 팔을 껴안고 문지르며 추위를 이겨보려 했지만 소용이 없었다. 그녀는 한없이 길게 느껴지는 시간 동안 거대한 검은 문 앞에 서서 벌벌 떨고 있었다.

얼마의 시간이 지나자 갑자기 그녀 앞에 있던 검은 바위가 기둥처럼 솟구치더니 사람 형태의 겉모습이 되었다. 얼굴은 이목구비가 없었고 팔과 손도 그저 '대충' 달려 있었다. 그가 손 하나를 그녀에게 내밀면서 보이지 않는 입으로 말했다.

"당신은 살아 있는 사람이라 값을 치르지 않고서는 죽음의 땅을 통과할 수 없어."

"대가를 치르겠어요."

살로마가 기어들어가는 목소리로 말했다. 추위에 너무 떨어서인지 자신이 생각하기에도 목소리가 너무 작았다. 그녀는 마지막 남은 검은 베일을 벗어 검은 형상에게 건네주었다. 이제 그녀는 손에 동전 한 닢만 달랑 든 알몸이 되었다.

하계의 중앙 심연으로 통하는 거대한 흑요석 문이 열렸다. 그 문을 지나자 검은 강이 나타났다. 그 강은 그 동안 건너온 하계의 강 중에서 가장 폭이 넓고 물살이 빨랐는데 마치 거대한 검은 뱀이 강둑 사이로 미끄러져가는 형상이었다. 강가에는 나룻배 한 척이 매어져 있었고, 너무 나이가 들어 잿빛이 되어버린, 마치 커다란 거미처럼 보이는 사람이 타고 있었다. 앙상하게 뼈만 남은 그의 사지는 마른 나뭇가지보다 초라했다. 하지만 살로마가 마지막 동전을 건네자 그는 거의 초인적인 힘으로 노를 저어 빠른 물살을 헤치고 기름같이 끈적거리는 강을 건너갔다.

맞은편 강둑에 다다르자 살로마는 더 이상 움직일 수가 없었다. 죽은 자들의 검은 그림자가 그녀의 주위를 떠돌면서 전혀 알아들을 수 없는 말들을 속삭였기 때문이다. 언뜻 보면 사람 같아 보였지만 분명 사람은 아니었다. 또 어떻게 보면 검은 연기로 만들어진 형상 같았는데, 장애물을 넘어 앞뒤로 오가며 자기들끼리 그녀에 대해 수군거리는 것처럼 보였다.

살로마는 용기를 내 허공에 대고 소리쳤다.

"나는 이곳 하계의 칼리 여왕을 만나러 왔어요."

약간 갈라지긴 했지만 그녀의 목소리는 주위의 웅성거림 속에서도 뚜렷하게 울렸다. 그러자 그림자들이 옆으로 일제히 물러나면서 그녀 앞에 길을 터주었다. 살로마는 그들이 가리키는 쪽으로 계속 걸어갔다. 그러자 사방이 수정 기둥으로 둘러싸인 넓은 홀이 나타났다.

홀 중앙의 검은 마노석 보좌에는 네 개의 팔이 달리고 피부가 검은 거대한 몸집의 여자가 앉아 있었다. 그녀는 황금빛과 주홍빛 옷에 왕관을 쓰고 있었으며 많은 보석들을 몸에 주렁주렁 걸치고 있었다. 위로 추켜올려진 긴 머리카락은 마치 끊임없이 솟구쳐오르는 수증기에 날리는 것 같았다. 그런 외모 자체만으로도 충분히 위협적이었는데 그녀의 검은 얼굴을 자세히 바라본 살로마는 더욱 놀라고 말았다. 흑단처럼 검다는 것을 빼고는 칼리의 얼굴은 바로 자신의 모습과 똑같았던 것이다. 그녀는 깊은 숨을 한 번 몰아쉬고 공손하게 절을 한 다음 보좌 위의 검은 존재에게 말했다.

"여왕 폐하, 저는 탐무즈 왕자의 그림자를 되살리기 위해 이곳까지 왔습니다."

"그 말이 정말이냐?"

칼리가 물었다.

"그렇다면 몸값도 기꺼이 지불하겠느냐?"

"더 이상은 가진 게 없습니다. 다만 제가 들은 대로 여왕 폐하 앞에 알몸으로 왔습니다."

"그렇다. 죽은 자는 지상세계에 모든 것을 두고 벌거벗은 몸으로 와야 한다. 태어날 때 알몸이었던 것처럼 말이다. 그러나 네가 비록 알몸으로 왔다 하나 넌 아직 죽은 자가 아니다. 죽은 자를 완벽하게 되살리려면 벌거벗는 것 이상이 되어야 한다. 네 뼈가 드러나도록 살점까지 떼어내야 한다."

살로마는 몸을 떨었다.

"그렇게 되면 어떻게 탐무즈 왕자와 다시 합쳐질 수 있겠어요? 그는 저의 육체를 사랑해요. 뼈만으로는 사랑을 할 수 없어요."

"누구든지 죽은 자의 세계에서 육체를 포기하면 산 자의 세계에 다시 태어날 때 살이 붙게 될 것이다. 그것이 자연의 법칙이지."

"제 몸을 다시 찾을 수 있다는 말씀인가요?"

"내 말은 모든 육체는 존재의 가마솥에서 하나라는 뜻이다. 내가 너의 그림자와 쌍둥이란 것을 모르겠느냐? 너의 죽은 몸과 산 몸이 하나가 된다는 뜻이다. 그것은 다른 사람들에게도 마찬가지야. 나는 모든 것의 여왕이니까."

그러나 살로마에겐 그 말의 뜻을 되새길 시간이 없었다. 느닷없이 가죽 날개가 달린 괴물 두 마리가 그녀를 잡아채서는 홀 천장으로 날아올라 천장 고리에 매달아버렸기 때문이다. 고리에 매달리자 그녀의 살이 급속히 녹아내리더니 뼈만 남았다. 그러자 괴물 한 마리가 탐무즈 왕자의 영혼을 데리고 그녀 앞으로 날아왔다.

"보시오, 희생 왕자."

칼리가 왕자를 불렀다.

"이 뼈들을 알아보겠소?"

뼈만 남은 형체를 자세히 살펴본 뒤 탐무즈가 대답했다.

"네, 나의 연인 살로마의 예쁜 이빨이군요. 어디서든 알아볼 수 있어요. 맵시 있는 입술이 그걸 덮고 있지 않더라도 말입니다."

"축하하오."

칼리 여왕이 비꼬는 투로 말했다.

"당신이 비상한 눈썰미를 가진 연인이란 걸 증명했으니 그녀가 사랑을 위해 희생했던 목숨을 다시 돌려주겠소. 하지만 한 가지 사실을 잊지 마시오. 당신이 자존심을 위해 희생했다면 그녀는 사랑을 위해 희생했다는 것을 말이오. 한 사람도 진정으로 사랑할 수 없으면서 인류를 사랑할 수 있다고 생각하다니, 당신은 먼저 이 여인에게서 진정한 남자가 되는 법을 배우시오."

"그녀의 지혜를 의심하지 말았어야 했습니다."

탐무즈가 고개를 떨구고 말했다.

"자, 이제 두 사람 모두 떠나시오. 우리는 다른 시간에서 다시 만날 거요. 아무도 죽은 자의 땅을 영원히 떠날 수는 없으니까 말이오."

칼리의 말이 끝나자 뼈만 남은 형체에 재빠르게 다시 살이 붙더니 그녀를 예전의 모습으로 만들어주었다. 탐무즈가 기쁨에 넘쳐 그녀를 껴안았다. 여왕의 홀을 떠난 살로마는 탐무즈와 함께 하계의 일곱 문과 길을 통과해 되돌아갔다. 그것은 다시 태어나는 자들이 지상으로 나가는 길이었으므로 대가 없이도 모든 문이 열렸고, 모든 강을 뱃삯을 내지 않고 공짜로 건널 수 있었다.

이 행복한 한 쌍이 궁궐로 귀향하자 모든 사람들이 기뻐하며 이들을 맞았고 커다란 잔치를 벌였다. 그 후 탐무즈는 신으로 숭배되었으며 살로마 또한 천상의 성모에 비견되는 여신으로 숭앙받았다.

그녀는 아무에게도 ─ 탐무즈에게조차도 ─ 하계의 여왕 칼리가 그녀와 꼭 닮았다는 것을 말하지 않았다. 하지만 그녀는 자주 그것에 대해 생각했으며, 인간과 신성(神性)의 관계에 대한 작은 깨달음을 얻게 되었다. 그녀는 그러한 깨달음을 책으로 썼고, 순진한 백성들의 믿음을 깨지 않기 위해 그 책을 사원의 비밀장소에 보관해 아무도 읽지 못하도록 했다.

왕과 왕비가 된 탐무즈와 살로마는 매년 거행되던 희생제를 없애고 인간의 구원은 어느 때나 행해지고 있다고 선언했다. 그리고 그 말을 증명이라도 하듯 일상적인 정성만으로도 농부들은 매년 풍작을 거두었다.

두 사람은 함께 하계로 돌아가는 날까지 행복하게 살았으며, 사람들은 그들의 상을 만들어 신전 꼭대기에 모시고 섬겼다. 그 후 수백 년에 걸쳐 해마다 왕녀 한 명이 공식적으로 일곱 개의 옷을 입고 살로마의 춤을 추었다. 그 춤은 영원한 삶을 위한 특별한 의식의 하나였다.

황금요정

요정의 황금은 본래 인간의 헛된 욕망, 혹은 차갑고 희미한 새벽빛에 쓸모없는 금속조각으로
변해버리는 가짜 보석을 의미했다. 그러나 여기 새 이야기에서는 주인공의 죽음이 사실이듯
보물도 진짜 존재하는 것으로 바꾸었기 때문에 요정의 황금은
보기에 따라서는 축복일 수도 있을 것이다.
신화의 보편적 관습에 따르면, 남자들에게 있어 최고의 영예로운 죽음은 여신의 팔에 안겨
최후를 맞는 것이었다. 예를 들어, 인도에서는 다킨 즉, 죽음의 여사제들이 죽어가는 이들을
사랑스럽게 품에 안고 위로했다. 이슬람교도들에게 '휴리'는 전쟁에서 전사하면 그에 대한
영원한 보상으로 성적 매력이 넘치는 천사의 사랑을 받는다는 믿음을 불러일으켰다.
또 스칸디나비아의 '발키리'는 페르시아의 휴리처럼 여신의 대리인이라고 할 수도 있다.
그리고 로마의 철학자들은 '비너스에게 가기 위하여' 죽기를 갈망했으며,
중세기에는 젊은 청년들, 특히 수사들에게 나이 많은 여신이 나타나면 죽음이 예견되곤 했다.

■■■아주 오래 전에 윈섬이라는 가난한 양치기가 있었다. 그는 미망인이 된 누나 리섬과 그녀의 아이들과 함께 들판에 조그맣게 자리잡은 오두막에서 살았다. 어렸을 때 부모님을 여의고 고아로 자란 탓인지 오누이의 정은 매우 각별했다. 그들은 서로 의지가 되어 늘 함께 다녔고 서로 편들어주고 돌봐주었다.

　리섬이 성장해서 혼기가 되었을 때, 마음씨 착한 남자가 그녀에게 청혼했고 두 사람은 곧 결혼했다. 첫아이가 태어나고 가난하지만 단란하게 꾸몄던 가정은 곧 커다란 슬픔을 겪어야 했다. 둘째 아이가 태어나자마자 리섬의 남편이 요정에게 붙들려가고 만 것이다. 그 고원지방에서 "요정에게 붙들려갔다"라는 말은 죽음을 의미했다.

　오두막에서 그리 멀지 않은 곳에 '요정의 골짜기'라고 알려진 매우 가파르고 깊은 계곡이 있었다. 계곡의 상류는 폭이 매우 좁아서 다리가 긴 사람이라면 한 번에 건너뛸 수 있을 정도였지만 실제 계곡을 그렇게 건넜다는 사람은 없었다. 어떤 건장한 남자도, 사기가 충천하여 계곡을 건너보겠다는 사람도 막상 그 앞에 서면 겁에 질려 뒤로 물러나버렸다. 높이 삼십 미터가 넘는 꼭대기에서 폭포수가 거센 소리와 함께 하얀 물보라를 일으키며 떨어지고 있었다. 어떤 사람은 폭포에서 요정의 경고를 들었다고도 했다.

　골짜기로 내려가는 길은 매우 미끄럽고 위험했다. 습한 날에는 더욱 심했다. 그러다 보니 양이나 소는 물론 사람도 낭떠러지에서 미끄러져 골짜기로 떨어지는 일이 종종 있었다. 그들은 대개 멀리 떨어진 하류의 시냇가에서 주검으로 발견됐다. 리섬의 남편도 그랬다.

윈섬은 요정의 골짜기로부터 멀리 떨어진 곳에서 양들을 방목해 키웠다. 한 마리 양이라도 무리에서 떨어지지 않도록 한눈팔지 않고 양을 돌보았다. 그런데 어느 날 그런 노력도 헛되이 그가 매우 아끼는 어린 양이 보이지 않았다. 가장 훌륭한 암놈이 낳은 그 양은 윈섬과 리섬 남매에게 매우 특별한 존재였다. 그 양이 좀더 자라면 양 선발대회에 내보낼 생각이었고, 그들은 우승을 장담하고 있었다. 한참 후 멀리서 양의 울음소리가 들려왔다. 분명히 계곡에서 나는 소리였다. 윈섬은 그 양을 찾아나서기로 결심했다.

낭떠러지 가까이 가자 '메에' 하는 양의 울음소리가 폭포 소리에 섞여 들리는 것 같았다. 그는 암벽 가장자리에 조심스럽게 몸을 기대고 아래를 내려다보았다. 양의 울음소리는 폭포 뒤에서 들려오는 게 분명했다. 윈섬은 울음소리로 봐서 크게 다치지는 않은 것 같아 다행이라고 안도했다.

계곡으로 내려가려면 줄이 필요했다. 윈섬은 긴 밧줄을 가지러 집으로 돌아가서 누나에게 자초지종을 얘기했다. 그러자 리섬이 윈섬의 손을 움켜쥐며 간절히 말했다.

"오, 얘야, 요정의 골짜기는 안 돼! 난 그 끔찍한 곳에서 너까지 잃고 싶지는 않아."

그러나 윈섬은 누나의 뺨에 입을 맞추고는 걱정하지 말라며 서

둘러 집을 나갔다. 리섬이 동생을 붙잡으려고 따라 나갔지만 원섬은 저 멀리 뛰어가버렸다. 다시 계곡으로 돌아온 원섬은 밧줄 사이사이에 매듭을 엮은 뒤 밧줄 한쪽을 허리에 묶고 다른 한쪽 끝은 폭포수 꼭대기 부근의 단단해 보이는 나무에 꽁꽁 묶었다. 그는 조심스럽게 발을 옮겨 바위를 타고 계곡 밑으로 내려갔다. 그러는 동안에도 양의 울음소리는 계속 들려왔다.

계곡 끝에 다다르자 넓고 평평하게 놓인 바위가 폭포로 이어져 있었다. 원섬은 밧줄에 몸을 묶은 채 폭포수 쪽으로 걸어갔다. 놀랍게도 폭포 뒤에 동굴이 있었다. 바위의 갈라진 틈으로 들어온 한 줄기 희미한 빛이 동굴 안을 비추고 있었다. 동굴 안을 들여다본 원섬은 뭔가 이상한 물체가 있는 것을 보았다. 자세히 보니, 그것은 벌거벗은 여인의 조각상이었다.

양은 동굴에서 그리 멀지 않은 얕은 개울가에 있었다. 다행히 크게 다친 데는 없어 보였다. 양이 무사한 것을 확인한 원섬은 동굴 안으로 다시 들어가서 좀 전에 보았던 조각상을 자세히 살펴보았다. 하얀 용암으로 이루어진 동굴 한가운데 서 있는 대리석 조각상은 마치 살아 있는 사람의 몸 같았다. 대리석 상단 가장자리에는 알 수 없는 신비한 문자가 새겨져 있었다. 하지만 원섬은 그것을 읽을 수가 없었다. 설사 그가 읽을 수 있었다 해도 그것이 무슨 뜻인지는 이해할 수 없었을 것이다.

그것은 이미 오래 전에 사라지고 잊혀진 고대 문자였는데, "모든 영광을 우주의 어머니요, 신과 남자들의 신부인 거룩하고 복된 여

신께"라는 뜻이었다.

　윈섬은 아직까지 그렇게 아름다운 조각상을 본 적이 없었다. 아니 그토록 아름다운 여인을 보지 못했다. 그는 경외심에 가득 차서 가까이 다가가 분홍빛 팔을 만져보았다. 순간 조각상의 눈이 깜박거리고, 어깨 위로 물결치듯 흘러내린 금발이 마치 산들바람에 날리듯이 흔들렸다고 생각했다. 조각상을 찬찬히 훑어보던 그는 조각상의 손가락이 대리석 연단의 구멍을 가리키고 있다는 것을 알았다.

　그 손가락이 처음부터 그곳을 가리키고 있었는지는 잘 기억이 나지 않았다. 윈섬은 고개를 갸우뚱거리며 구멍 안을 들여다보았다. 그 안에는 오래된 상자 하나가 있었다. 몇백 년은 되었음직한 낡고 보잘것없는 나무 상자였다. 상자는 녹슨 놋쇠 장식이 달린 가죽끈으로 묶여 있었다. 그런데 상자의 갈라진 틈 사이로 뭔가 반짝이는 것이 아닌가! 그는 상자를 꺼내 삐걱거리는 뚜껑을 열었다. 고개를 숙여 상자 안을 들여다본 순간 그는 너무 놀라 뒤로 주저앉고 말았다. 상자에는 휘황찬란한 황금 술잔이며 접시, 꽃병, 반지, 목걸이 등 황금으로 만든 장식품들이 가득 들어 있었다.

　윈섬은 자신이 발견한 보물을 리섬에게도 보여주고 싶었다. 그는 그 증거로 삼기 위해 금반지 하나를 꺼내 손가락에 꼈다. 그리고는 다시 여인상에게 다가갔다. 자신의 이마를 여인상이 내민 손에 얹은 채 무릎을 꿇었다. 이상하게도 조각상의 손은 마치 살아 있는 육체처럼 따뜻하게 느껴졌다.

"감사합니다. 나의 사랑하는 여왕님!"

그가 작별하려고 일어나서 대리석 여인의 손을 굳게 잡는 순간 금반지가 그의 손가락에 꽉 조여드는 것처럼 느껴졌다.

이상한 일이지만 여인상과 헤어지는 것이 못내 아쉬웠다. 하지만 윈섬은 조각상을 뒤로하고 망토로 양을 감싼 후 떨어지지 않게 그의 몸에 묶었다. 밧줄을 놓칠 뻔한 적도 있었지만 군데군데 매듭을 엮어놓았기 때문에 무사히 계곡을 올라올 수 있었다.

서둘러 집으로 돌아온 윈섬은 새끼양을 어미의 품에 안겨놓고는 리섬에게 달려갔다. 그가 폭포 뒤 동굴에서 황금 상자를 발견한 이야기를 털어놓자 리섬은 설마 하면서 믿지 않았다. 하지만 윈섬의 손가락에서 반짝이는 황금 반지를 보았을 때 리섬의 눈이 번쩍 뜨였다.

"누나, 이제 우린 부자야."

윈섬이 소리쳤다.

"우리는 이제 부자가 됐어! 요정의 여왕이 우리에게 황금 보물을 선물한 거야. 우리가 여생을 편안히 보낼 수 있도록 지켜주려는 거라구."

리섬은 여전히 윈섬의 이야기를 완전히 믿을 수 없었다. 그러나 지금 눈앞에서 반짝거리는 윈섬의 황금 반지가 진짜라고 말해주고 있었다.

"윈섬, 우선 이 반지를 숨겨야 해. 그리고 아무에게도 이 반지를 어디서 발견했는지 말하지 마."

리섬이 말했다.

원섬은 반지를 누나의 손가락에 끼워주고 싶었다. 그러나 이상하게 반지가 빠지지 않았다.

"거 참 이상한데? 아깐 쉽게 들어갔는데."

"신경쓰지 마. 하지만 다른 사람한테 절대 보여주지 마. 장갑을 끼든지 손을 주머니 속에 넣도록 해. 자, 이제 그 보물들을 어떻게 할 것인지 생각해보자."

다음 날 두 남매는 양들을 아이들에게 맡기고 보물을 옮기러 갔다. 요정의 골짜기에서 두레박을 타고 올라오는 화려한 장식품들을 본 리섬의 눈이 믿을 수 없다는 듯 휘둥그레졌다. 마침내 오래된 나무 상자가 올라왔다. 그 안에 있는 물건들은 모두 황금으로 만들어졌고, 희귀한 골동품들이었기 때문에 값을 매길 수 없을 만큼 귀한 것들이었다.

보물들은 남의 눈에 띄지 않게 모두 지하실의 선반 속에 넣고 자물쇠를 채웠다. 그리고 돈이 필요할 때마다 조금씩 꺼내 시장에 내다팔았다.

남매는 황금 덕에 비가 새던 지붕을 수리했고, 목장을 넓혔다. 더 크고 좋은 양 우리를 새로 지었으며, 품종이 좋은 숫양도 새로 샀다. 리섬의 아이들도 좋은 학교에 입학할 수 있었다. 그들은 종종 파티를 열어 이웃들과도 행운을 나누었으며, 고장의 자선단체에 기부를 했고, 어려운 사람을 남몰래 도와주었다. 리섬은 젊고 잘생긴 그 고장 지주와 가까운 사이가 되었고 그의 동료들과도 곧잘 어울려 지냈다.

리섬은 살림을 돌봐줄 하인을 고용했고, 윈섬은 일꾼을 고용해서 양치는 일의 고단함을 덜었다. 이제 그들은 예전처럼 힘들게 일하지 않아도 살 수 있었다. 그런데 윈섬은 손수 양들을 돌보지 않아도 되었는데도 자주 집을 비웠다.

하루는 이를 이상하게 여긴 리섬이 막 외출에서 돌아오는 동생에게 어딜 갔다오는지 물었다.

"동굴 속에 있는 요정의 여왕님을 만나러 갔었어."

그가 슬픈 얼굴로 대답했다.

"그녀는 거기에 벌거벗은 채 서 있는데 너무나 아름다워. 그녀와 함께 있으면 어느 때보다 편안해져. 난 그녀가 날 사랑하고 있다고 믿어, 누나. 그녀는 내가 없으면 차가워졌다가 내가 만지면 따뜻하게 변해. 가끔은 그녀가 대리석 단 위에서 움직인다는 생각이 들어."

윈섬의 얘기를 들은 리섬은 소름이 돋는 듯한 기분이었다.

"네가 뭘 잘못 본 걸 거야. 네 상상이 지나친 거라구. 너무 오랫동안 혼자 지낸 탓이야. 마을로 나가 진짜 아가씨들을 만나봐. 친절하고, 명랑하고, 널 사랑하고, 언젠가는 너의 아이를 갖게 될 그런 아가씨 말이야."

"그 누구도 요정의 여왕님처럼 완벽하게 아름답지는 않아."

윈섬이 말했다.

"난 작고 못생긴 시골뜨기 아가씨는 싫어. 이미 내 마음은 정해졌어. 내 연인은 요정의 골짜기에 살고 있다구."

"오! 윈섬!"

리섬이 외쳤다.

"요정의 황금을 발견한 사람은 미치게 된다더니, 네가 지금 그렇게 된 거니? 넌 그 조각상이 널 사랑한다고 생각한단 말이지?"

"그녀는 단순한 조각상이 아냐."

윈섬이 정색을 하고 대답했다.

"아무도 날 이해하지 못할 거야. 누나, 제발 그 일로 날 괴롭히지 마. 그게 특별히 나쁜 일도 아니잖아. 오히려 날 즐겁게 해주는걸. 날 그냥 내버려두라구."

리섬은 다시 그 일에 대해 말을 꺼내지 않았다. 몇 달이 지나갔다. 윈섬이 집을 비우는 시간이 점점 더 길어졌다. 종종 하루 종일 집을 비웠다가 밤늦게야 살며시 들어올 때도 있었다. 어떤 날은 꼬박 하룻밤을 지새우기도 했다. 리섬이 먹을 것을 들고 갔지만, 윈섬은 아무것도 먹지 않았다. 그는 집에서도 거의 음식을 입에 대지 않았다.

윈섬은 점점 더 야위어갔다. 손가락은 뼈만 앙상할 정도로 말라갔지만 이상하게도 금반지만큼은 여윈 손가락에서 빠질 줄을 몰랐다. 윈섬의 눈은 열병에 들뜬 듯 빛을 발했다. 마치 황혼 아래 강렬하게 빛나는 세상을 보는 사람 같았다.

리섬은 동생이 걱정스러운 나머지 위험을 무릅쓰고 요정의 골짜기로 갔다. 윈섬이 만들어놓은 사다리가 그대로 놓여 있었다. 예전 같으면 꿈도 못 꿀 일이지만, 리섬은 사다리를 타고 계곡 아래로 내려갔다. 반쯤 내려가자 폭포수 뒤쪽에서부터 아래로 펼쳐진 바위 위에 원섬이 보였다. 그 순간 원섬이 그녀를 향해 팔을 크게 휘저으며 소리쳤다.

"돌아가. 오지 마, 누나! 아무리 누나라 해도 여긴 안 돼! 여긴 나만의 공간이란 말이야. 나 혼자만의 공간이라고! 제발 내 말대로 해줘. 집엔 꼭 돌아갈 거야. 약속할게."

리섬은 사다리에 매달린 채 망설였다. 동생의 창백하고 거칠어진 얼굴과 뼈만 앙상하게 드러난 몸, 윤기라곤 전혀 없는 푸석푸석한 머리카락, 물에 흠뻑 젖은 옷차림을 바라보고 있으려니 마음이 몹시 흔들렸다. 그러나 원섬이 너무나 간절하게 애원했기 때문에 다시 사다리를 타고 올라왔다. 집으로 돌아온 리섬은 밤새 뜬눈으로 동생을 기다렸다.

원섬은 다음날 새벽 무렵에야 돌아왔다. 정신과 육체가 약해질 대로 약해진 원섬은 걸음도 제대로 걷지 못했다. 리섬이 그를 침대에 눕히고 수프를 끓여서 가져갔지만 원섬은 먹지 않았다. 조금이라도 먹여보려고 필사적으로 노력했지만 원섬은 며칠 동안 아무것도 먹지 않았다. 그의 입에서는 헛소리가 흘러나왔다. 그것은 눈앞에 있는 듯 연인을 향한 사랑의 언어들이었다.

몹시 춥고 안개가 자욱하게 낀 어느 날 아침이었다. 리섬은 동생의 침대가 비어 있는 것을 발견했다. 온 집 안을 찾아보고 목장에도 달려나가 보았지만 원섬의 모습은 어디에도 없었다.

리섬은 밀려오는 불안과 슬픔으로 목이 메었다. 그녀는 정신을 가다듬고 곧장 요정의 골짜기를 찾아갔다. 밧줄 사다리를 타고 내려가 폭포수를 건너 동굴 앞에 도착했다. 온몸이 흠뻑 젖어 와들와들 떨리기까지 했다. 리섬은 그곳에서 동생의 모습을 보았고, 그것은 이후 그녀가 평생 잊어버릴 수 없는 장면이 되었다. 윈섬은 분명히 죽은 듯 대리석 단 위에 누워 있었다. 그의 피부는 잿빛이었고, 입술은 뻣뻣해져 있었다. 하지만 윈섬의 얼굴은 상상할 수 없을 만큼 달콤하고 행복한 미소를 머금고 있었다. 그 모습은 평화로움을 너머 황홀경에 빠져 있는 사람의 표정이었다.

정말 수수께끼 같은 일은, 여신의 조각상이 윈섬과 함께 나란히 누워 있는 것이었다. 게다가 결코 있을 수 없는 일이지만 그녀의 입술이 윈섬의 입술 위에 포개어져 있었고, 그녀의 손은 윈섬의 손을 꼭 붙들고 있었다.

리섬은 대리석 여인이 대리석 연단 위에 '서 있다'고 했던 윈섬의 말을 또렷이 기억하고 있었다.

그 조각상의 자연스러운 빛깔은 잿빛으로 변한 윈섬의 모습과는 대조적이었다. 오히려 조각상이 살아 있는 사람처럼 보였다. 그리고 조각상의 손가락에는 윈섬이 끼고 있던 반지와 똑같은 반지가 끼워져 있었다. 바위 틈으로 새어나온 희미한 빛이 그 둘을 은빛으로 물들였다. 마치 영원한 시간이 그들을 감싸고 있는 것 같았다.

리섬은 동굴 밖으로 뛰쳐나왔다. 눈물로 그녀의 눈이 반짝이듯이 그 동굴도 반짝이는 것처럼 보였다. 골짜기 꼭대기에 다다른 그녀는 밧줄 사다리를 풀어 어두운 골짜기 밑으로 던져버렸다. 요정의 골짜기로 내려가는 길이 영원히 숨겨지도록. 이제 어떤 사람도 그곳으로 이르는 길을 찾지 못할 것이고, 내려가지 못할 것이었다.

리섬은 마음속으로 윈섬을 조용히 떠나보냈다. 그녀는 동생이 죽음의 순간에도 다른 사람들보다 더 행복했을 거라고 생각했다. 그리고 요정의 골짜기를 두 번 다시 찾지 않았다. 사람들에게는 동생이 발을 헛디뎌 요정의 골짜기에 떨어져 죽었다고 말했다.

그 후 리섬은 오랫동안 사귀어온 지주와 재혼을 했고, 요정의 황금으로 불린 재산으로 행복하게 살았다. 아이들은 좋은 교육을 받으며 성장했고, 그녀에게 노년의 기쁨이 되어주었다. 그들은 나이가 들자 사랑하는 사람을 만나 행복한 결혼을 했고, 손자 손녀들이 할머니의 축복을 받기 위해 놀러왔다. 그럴 때면 집 안에는 삼대의 웃음소리가 흘러넘쳤다.

리섬이 자신의 아이들과 손자 손녀들에게 값비싼 황금을 유산으로 남겨주면서, 윈섬과 황금요정에 관한 이야기를 들려준 것은 아주 많은 시간이 흐른 뒤였다.

아마존의 여전사 고르가

바쇼펜의 『신화, 종교, 모권』을 보면, '고르고'란 아테나 여신이 죽음을 관장하는
마귀할멈으로 바뀌었을 때의 명칭이라고 풀이하고 있다.
그리스 신화에서 고르고는 아테나의 어머니인 '지혜'의 신 메티스로 나온다.
메티스는 머리카락이 뱀들로 되어 있는 세 고르곤 가운데 맏이인 '지혜'를 의미하는 메두사인데,
그 얼굴을 본 사람은 돌로 변했다. 그리스인들에게 메두사는 괴물이었던 반면 리비아에서는
아마존의 여왕으로 불렸다.
결국 메두사와 메티스, 고르고와 아테나는 서로 동일한 존재의 다른 이름인 듯하다.
아테나 여신이 그리스의 도시 아테네가 아닌 리비아에서 유래했음을 감안할 때 더욱 그러하다.
아테나는 북아프리카에 있는 아마존 부족의 숭배를 받았다. 그곳에서 아테나는 자신의 영역에
침입하는 남자들을 돌로 변하게 하는 능력(석화마력)을 보였으며, 그녀의 방패에는
뱀머리 형상의 고르곤 얼굴이 새겨져 있었다.
신화에 따르면 의식 때 쓰던 아테나의 가면은 페르세우스가 리비아의 여사제들로부터
그리스 아테네로 가져왔다고 한다.
이 이야기에서 고르가와 포우티아의 왕자는 유토피아를 꿈꾸며 서로 대등한 자격으로 연합하는데,
이들의 나라 포우티아(Poutia)는 유토피아(Utopia)의 철자를 순서만 바꿔놓은 것이다.

지금은 전설 속으로 사라졌지만 한때 그 이름을 떨쳤던 아마존 왕국에 고르가라는 여인이 살고 있었다. 고르가는 아름답지는 않았지만 뛰어난 무예실력과 현명함으로 왕국 전체에 명성이 자자했다.

고르가는 킥복싱, 레슬링, 창던지기, 활쏘기, 검술 등 무예에 있어서 견줄 상대가 없을 만큼 뛰어났다. 또 무예 경연대회가 열릴 때마다 우승을 휩쓸어버리는 그녀의 명성은 자연스럽게 국경 너머 다른 나라까지 알려졌다.

어느 날 이웃나라 포우티아의 한 왕자가 그녀를 찾아왔다. 그 즈음 포우티아에는 골칫거리가 하나 있었다. 불을 내뿜는 용이 약탈행위를 일삼아 온 나라를 두려움에 떨게 했던 것이다. 왕자는 고르가 앞에 투구를 벗고 무릎을 꿇은 다음 도움을 청했다. 한 나라의 왕자가 보여준 이 같은 행동은 자존심을 버리고 내린 결단이었다.

"저희 왕국에서 다섯 명의 영웅들이 도전해보았지만 모두 패하고 말았습니다. 어떤 남자도 용을 이길 순 없습니다. 그놈의 가슴에 칼을 찌르고, 창을 꽂기도 했지만 아무 소용이 없었습니다. 나 역시 나서보았지만……. 예언가들마다 용을 죽일 수 있는 사람은 오직 한 명이라는 점괘가 나왔습니다. 물론 무슨 뜻인지 아시겠죠?"

왕자의 이야기를 들은 고르가는 찌푸린 표정으로 왕자를 힐끗 쳐다보았다.

"당신은 여성입니다."

왕자는 그녀의 표정을 무시한 채 말을 계속했다.

"게다가 위대한 전사죠. 당신만이 저희 나라를 흉포한 괴물로부터 구할 수 있는 구세주입니다. 용은 보름달이 뜰 때마다 아름다운 처녀를 제물로 요구합니다. 이제 우리나라의 아름다운 처녀는 모조리 제물이 될 지경입니다. 실례의 말씀입니다만, 머잖아 우리나라 청년들에게는 못생긴 처녀를 제외하고는 결혼할 처녀가 없을 것입니다. 제발 저와 함께 포우티아로 가셔서 용을 죽이고 도탄에 빠진 백성을 구해주십시오. 부탁합니다."

"그 대가는 무엇인가요?"

고르가가 장난기 섞인 목소리로 물었다.

"왕께서는 당신이 원하는 것이라면 무엇이든지 들어주신다고 약속하셨습니다. 우리 왕국의 절반을 원하신다고 해도 말입니다. 어차피 용을 처치하지 못한다면 다스릴 왕국도 남아 있지 않을 테니까요. 제물이 다하면 그놈은 당신네 나라에도 쳐들어올지 모릅니다. 그렇게 되면 이 나라에 어떤 시련이 닥쳐올지 뻔히 짐작이 가겠지요. 그 전에 만약 당신이 성공한다면 당신의 명성은 자자손손 전해질 것입니다."

고르가는 왕자의 마지막 말이 마음에 들었다.

"지혜의 여인이신 나의 어머니와 상의해보겠어요. 잠시만 기다려주세요."

그녀는 왕자에게 구즈베리 열매로 만든 파이와 신선한 과일주스를 대접하고는 자신의 어머니를 모셔왔다. 그녀의 어머니는 왕자의 제의를 귀 기울여 들었다.

한참 후 그녀의 어머니가 대답했다.

"내 딸이 당신과 함께 가도록 허락하겠소. 떠나기 전에 몇 가지 준비할 게 있으니 잠시 기다려요."

왕자는 너무 기쁜 나머지 눈물까지 글썽이며 고르가와 그녀의 어머니 손등에 열렬히 입을 맞추었다. 고르가는 왕자의 그러한 행동에 겉으로는 드러내지 않았지만 내심 당황했다.

고르가의 어머니는 자신의 마술용구들을 뒤져 묵직한 은제 갑옷한 벌과 머리와 목덜미 뒷부분까지 완전히 덮는 가면을 꺼냈다.

"불을 뿜는 용과 마주쳤을 때 반드시 이것을 입어라. 이 갑옷은 어떤 불로도 태울 수 없고, 이 가면은 상대방을 돌로 변하게 할 정도로 강하단다. 그리고 네 칼과 창, 활도 가지고 가거라. 용의 피부를 꿰뚫을 수 있는 것은 없다. 하지만 아무리 강하다 해도 어딘가 약점이 있게 마련이니, 반드시 눈이나 목 아래를 겨냥해야 한다. 그러면 어떤 남자도 성공하지 못한 일을 네가 해낼 수 있을 게다."

고르가는 어머니로부터 작별의 포옹과 축복의 인사를 받은 뒤 왕자와 함께 포우티아를 향해 길을 떠났다.

고르가의 어머니가 그녀에게 내린 지시는 보름달이 뜨는 날 직접 제물 처녀로 나서라는 것이었다. 왕자는 이 계획에 회의적이었는데, 아름다운 처녀만을 요구하는 괴물 용이 고르가를 보고 화내지 않을까 하는 두려움 때문이었다. 하지만 고르가는 용이 자신을 살펴볼 수 있을 정도로 가까이 올 때쯤이면 이미 용은 반은 죽어 있을 거라고 장담했다.

며칠 동안 포우티아 성에 머물게 된 고르가는 여러 손님들 중에서도 가장 귀한 대접을 받았다. 몇몇 전쟁 영웅들이 불만스러운 표정을 지으며 그녀에게 경멸의 시선을 던지기도 하고, 또 어떤 지체 높은 양반은 드러내놓고 몹시 불쾌하다고 투덜거리기도 했지만, 그녀에게 싸움을 걸 정도로 용감한 남자는 아무도 없었다. 고르가는 그들의 태도를 부드러운 미소로 무시해버렸다.

드디어 보름날이 되었다. 고르가는 불을 막는 갑옷을 입고 무장을 했다. 그리고 하늘하늘한 하얀 망토로 온몸을 완전히 감싼 뒤 왕자와 몇몇 전사들의 호위를 받으며 용이 살고 있는 동굴 앞으로 갔다. 그곳에서 고르가는 제물을 바치는 말뚝에 묶였다. 하지만 매듭은 그녀가 조금만 움직여도 풀리도록 느슨하게 매어져 있었다. 포우티아인들은 그녀를 묶은 뒤 이제 그녀의 운명대로 될 것이라고 생각하며 그 자리를 떠나갔다. 별수없이 희생의 제물이 되든지, 아니면 운명의 여신이 도와 용을 처치하고 영웅이 되든지 둘 중 하나였다.

해가 서쪽으로 완전히 지고 보름달이 서서히 떠올랐다. 운명의 시간을 맞이하기 위해 고르가는 용이 산다는 시커먼 동굴 입구에서 시선을 떼지 않았다. 드디어 동굴 속 깊은 곳에서 희미한 오렌지빛 불꽃이 나오고 용의 모습이 조금씩 드러났다.

고르가는 옷 속에 숨긴 칼을 조심스럽게 뽑았다. 동굴에서 나온 용은 으르렁거리기도 하고 때때로 날카로운 괴성을 지르며 점점 처녀 제물을 향해 다가왔다. 그럴 때마다 용의 입에서 바람소리와 함께 불꽃이 뿜어져 나왔다. 온몸에 촘촘한 갈색 비늘과 커다란 초록빛 눈을 가진 용은 과연 소문대로 흉측하게 생긴 괴물이었다. 용은 처녀를 향해 고개를 쳐들며 으르렁댔다. 속이 훤히 들여다보이는 목구멍 안쪽에서 인간의 목소리가 새어나왔다.

"이건 아름다운 처녀가 아니잖아. 진짜 제물은 어디 있지?"

용이 인간의 말을 하다니, 어째 좀 이상하다고 느끼면서 고르가는 묶였던 밧줄을 풀어헤치고는 용의 눈을 겨냥해 정확히 화살을 쏘았다.

"내가 어떻게 생겼건 네가 상관할 바가 아니다. 이 버러지 같은 괴물아!"

고르가가 칼을 쳐들며 외쳤다. 용의 움직임이 순간 멈칫거렸지만 고르가 앞으로 계속 다가왔다. 용의 눈에서는 피 한 방울 나지 않았다. 아무리 괴물이라지만 이상한 일이 아닐 수 없었다.

고르가는 다시 용이 불꽃을 뿜어내기 위해 으르렁대며 입을 벌렸을 때 목구멍 안쪽을 향해 힘껏 창을 던졌다. 그러나 이번에도 역시 아무런 효과가 없었다. 용은 손톱만큼도 상처를 입지 않은 듯했다.

고르가는 뱀의 무늬가 새겨진 투구를 쓰고는 용의 입에서 뿜어져 나오는 불꽃 속으로 대담하게 전진해 나갔다. 그리고는 있는 힘을 다해 전투용 도끼로 용의 꼬리를 세차게 내리쳤다. 그러자 용의 고개가 한쪽으로 기우뚱하더니 그 상태로 뻣뻣하게 굳어버렸다.

순간 고르가는 용의 왼쪽 앞발이 땅에 닿지 않고 약간 떠 있는데다 발 안쪽에 바퀴 같은 것이 달려 있는 것을 보았다.

뭔가 수상쩍은 용의 몸통은 괴물이라기보다 왠지 조잡스러워 보이는 데다 꼬리 부분에는 타원형의 구멍까지 나 있는 게 아닌가. 구멍 안에 있는 손잡이를 힘껏 잡아당기자 마치 통풍구 문처럼 열렸고 그 안으로 어둠침침한 통로가 나 있었다. 용은 생명을 가진 짐승이 아니라 누군가에 의해 만들어진 기계에 불과했던 것이다.

고르가는 칼을 뽑아들고 불꽃이 보이는 머리 쪽을 향해 캄캄한 통로를 따라 조심스럽게 이동했다. 안쪽으로 깊숙이 들어가자 통로 끝에 있는 둥근 방에서 땅딸막하고 못생긴 남자가 조종대 앞에 서서 부지런히 손을 놀리며 불꽃과 소음 효과를 내보내고 있었다. 남자는 이쪽저쪽 렌즈를 정신없이 들여다보면서 갑자기 시야에서 사라진 고르가를 찾고 있었다.

고르가는 남자 뒤로 조심스럽게 다가가 그의 목덜미에 칼끝을 들이댔다. 깜짝 놀라 뒤를 돌아본 남자는 고르가의 끔찍하게 생긴 뱀 가면을 보고 비명을 질렀다. 그는 마치 메두사를 보기라도 한 듯 돌처럼 몸이 굳어 꼼짝하지 못했다.

"도대체 여기서 뭐하는 거야! 이 버러지 같은 놈아!"

고르가의 호령에 그 남자는 턱까지 덜덜 떨었다.

"제발 목숨만 살려주십쇼. 괴물님! 해칠 뜻은 전혀 없었습니다. 전 그저 아름다운 처녀 몇 명을 원했을 뿐입니다. 하지만 어떤 여자도 못생긴 저를 단 일 초도 쳐다보지 않으려고 했습니다."

"그래서 그 여자들에게 무슨 짓을 했지?"

고르가가 물었다.

"아무도 해치지 않았습니다. 정말입니다. 여자들은 모두 이 동굴에 있습니다. 아주 안전하게 말입니다. 제 사랑을 받아들인 여인에게는 특별한 혜택과 더 나은 음식을 주었고 나머지는 그냥 내버려 두었을 뿐입니다. 전 생각보다 그리 나쁜 놈이 아닙니다. 괴물님! 제발 절 살려주십시오. 당신도 못생겼으니 저를 이해하시겠죠? 저 역시 못생겼다는 것 때문에 정당한 방법으로는 아름다운 여자를 얻을 수 없었습니다. 다시는 절대 이런 짓을 하지 않겠습니다. 하늘에 대고 맹세합니다."

"네가 이 용을 만들었느냐?"

고르가의 물음에 땅딸보는 재빨리 고개를 끄덕였다.

"꽤 재주 있는 놈이구나. 저 불을 꺼라. 동굴로 가서 그 처녀들을 보아야겠다."

그녀가 명령했다.

모든 게 들통이 나고 만 남자는 허둥대며 명령에 순순히 따랐다. 고르가의 칼끝을 등 뒤로 느끼며 동굴 안으로 걸어들어갔다. 동굴 벽에는 횃불이 줄지어 타오르고 있었다. 동굴 내부 깊숙한 곳에는 여러 종류의 기계들이 있는 작업실, 카펫과 침구류, 조리기구를 갖춘 식당과 침실들 그리고 불구덩이가 있었다.

위쪽 한가운데 있는 커다란 방에는 일곱 명의 처녀들이 쇠창살에 갇힌 채 불안에 떨고 있었다. 처녀들은 땅딸보가 뱀의 가면을 쓴 사람에게 붙잡혀 들어오는 것을 보고 무슨 일인가 하여 놀라는 한편 궁금한 마음에 벌떡 일어났다.

"안심하세요. 나도 여러분과 같은 여자랍니다."

가면을 벗으며 고르가가 여자들을 안심시켰다.

"이자가 당신들을 다치게 한 적이 없다고 주장하는데, 정말입니까?"

"우리에게 특별히 해를 끼친 건 아니에요."

처녀들 가운데 한 명이 대답했다.

"하지만 이자는 우리를 납치해서 협박하고, 우리와 우리 가족까지 아주 불행하게 만들었고, 몇몇 여자들에게는 잠자리까지 강요했어요. 하지만 우린 약속했죠. 만약 집으로 돌아간다 해도 우리 중 누가 처녀성을 잃었는지 절대 누설하지 않기로 말이죠."

"그런 건 중요하지 않아요."

고르가가 말했다.

"이제 여러분은 모두 집으로 돌아갈 수 있습니다. 용은 애초부터 이 세상에 없었던 존재입니다. 하지만 이자는 벌을 받게 될 것입니다. 여러분의 의견은 어떻습니까?"

몇몇 처녀들이 외쳤다.

"그놈을 죽여야 해요!"

고르가는 목소리 높이는 여자들이 실은 땅딸보로부터 특별한 혜택을 받은 이들이라는 것을 직감할 수 있었다. 어떤 처녀는 그를 동굴 안에 가둬놓고 굶겨 죽이자고 말했다. 그런데 평범한 인상의 한 처녀만이 다르게 말했다.

"발명가로 나라에 봉사하게 하죠. 그는 똑똑한 사람이에요. 그가 지닌 지적 능력을 사장시키는 것은 오히려 국가적 손실이라고 생각해요."

"그럼 마을로 돌아가서 다른 사람들의 의견을 들어보도록 합시다."

결정이 내려지자 고르가는 땅딸보에게 감옥 문을 열도록 시켰다. 처녀들이 차례로 감옥을 빠져나오자 고르가는 땅딸보를 쇠창살 안으로 밀어넣고는 자물쇠를 채웠다.

"왕의 군사들이 올 때까지 이자를 여기에 가둬둡시다."

고르가와 일곱 처녀들은 성으로 돌아와 그 동안에 겪었던 일들을 사람들에게 들려주었다. 가족들은 죽은 줄만 알았던 딸들이 돌아오자 기쁨의 눈물을 흘리며 이들을 맞아들였다. 연인들 또한 그녀들의 순결을 따지지 않고 진심으로 환영해주었다.

그런데 발명가를 체포하러 동굴로 갔던 왕의 군사들은 빈손으로 돌아왔다. 그들은 놈을 찾을 수 없었다고 보고했다. 그가 감옥을 빠져나와 작업 도구와 장비들을 챙겨 도망친 것 같다는 것이었다.

그 후 몇 년이 지나도록 용에 대한 소문은 들리지 않았다. 사람들은 그가 또 다른 용을 만들지는 않았을 것이라고 생각했다. 세월이 더 흘렀을 때 아주 먼 나라에 사는 똑똑한 발명가에 대한 소문이 들려왔는데, 그 발명가는 사람들에게 이롭고 편리함을 주는 발명품들을 많이 만들어내서 왕의 총애를 받는다는 이야기였다. 비록 못생긴 데다 땅딸보이긴 했지만 아름다운 공주가 그를 사랑했고 왕이 두 연인의 결혼을 허락했다는 풍문도 들렸다.

한편 고르가는 약속대로 포우티아 왕국의 절반을 상으로 받게 되었고, 왕자와 절친한 친구가 되었다. 고르가는 왕자에게 군사 기술도 가르쳐주고 훈련도 시키며 그가 더욱 강한 남자로 단련될 수 있도록 도와주었다.

고르가와 친구로 지내면서 점차 그녀의 평범함에 익숙해진 왕자는 그녀를 사랑하게 되었고, 고르가 역시 왕자를 사랑하게 되었다. 두 사람은 결혼하여 부부가 되었고 반으로 나뉘었던 포우티아의 영토도 다시 하나로 합쳐졌다. 두 사람은 힘을 합해 평화롭게 나라를 다스렸다. 왕자 역시 지혜로운 사람이어서 고르가의 보다 큰 지혜를 받아들일 줄 알았기 때문이다.

뱀머리의 고르가 이야기는 그 후로도 오랜 세월 동안 사람들에게 전해졌다. 하지만 몇 백 년이 지난 후 사람들 사이에서 고르가(Gorga)는 조지(George)라는 이름의 남자 기사로 바뀌었고, 여자가 용을 죽일 수 있다는 것은 더 이상 아무도 믿지 않게 되었다. 하지만 아마존 왕국의 용감한 여자에 대한 이야기는 아직도 전설처럼 전해지고 있다.

기미 왕자의 청혼

동화에는 착한 행동을 하면 상을 받고 못된 행동을 하면 벌을 받는다는 식의 도덕극 같은 내용이 많다.
그런 동화들은 대체로 말썽꾸러기들이 혹독한 육체적 시련을 겪은 뒤 얌전한 아이로
변한다는 내용을 담고 있다. 그리고 이야기를 끝맺기 전에 다시 한 번 훈계를
덧붙이는 것을 잊지 않는다. 여기에 등장하는 기미 왕자는 오만하고 탐욕적이며
경솔한 사람들의 끝이 얼마나 불행한가를 보여주는 또 하나의 도덕극의 주인공이다.
그러나 그는 여정을 통해 보다 심오한 깨달음을 얻는다.
그는 한 여성의 마법에 의해 구원받는데, 이때 나오는 '가마솥(마녀가 마법의 약을 만들 때
사용하는 커다랗고 검은 가마솥)'은 영적인 변형을 의미하는 신화적 상징이라 할 수 있다.
기미 왕자는 이 가마솥 안에서 재탄생하게 된다. 또 왕자가 숲의 요정을 찾아 떠난 여정에서
만나게 되는 세 여신은 흰색, 붉은색, 검은색으로 나타나는데, 삼위일체의 상징으로 풀이할 수 있다.

옛날 어느 왕국의 왕 부부가 느지막이 아들을 얻게 되었다. 오랜 기다림 끝에 태어난 왕자라 왕 부부는 금지옥엽으로 키웠다. 왕자 앞에서 왕과 왕비는 물론 신하들까지 쩔쩔 매었고, 왕자는 말만 하면 무엇이든지 가질 수 있었다. 어린 왕자에게 금지되는 것은 아무것도 없었다.

왕자는 자랄수록 점점 버릇없고 투정부리는 아이가 되어갔다. 그가 단지 '기미(Gimme : give me의 구어적 표현)' 하고 말만 하면 그의 관대한 부모님과 대신들, 하인들이 그가 원하는 과자, 장난감에서 새나 동물까지 끊임없이 갖다바쳤다. 왕자의 본래 이름은 '펄시벌 조지 올리버 알로이시스 페르디난트 알렉산더 폰 하드스트럭큰 비텐하임'이라는 긴 이름이었지만 사람들은 기미 왕자라고 불렀다. 그가 늘상 '기미' 하고 외쳐댄다고 해서 붙여진 별명이었다.

기미 왕자는 욕심이 많았다. 그의 일상은 연회와 음악회, 연극, 축제와 게임, 무도회와 사냥, 장난감 놀이 같은 하찮은 오락거리들의 연속이었다. 그는 노는 데만 정신을 쏟을 뿐 후계자 프로그램이나 국사를 배우는 일에는 조금도 흥미를 보이지 않았다. 왕자의 부모는 차츰 왕국의 장래가 걱정스러워졌다. 왕자가 장차 국정을 잘 돌볼 수 있을지, 백성은 잘 다스릴지, 왕국의 자원을 낭비만 하지 않을지 몹시 염려되었다.

어느덧 기미 왕자의 나이가 차자 늙은 왕과 왕비는 왕자의 결혼을 서두르도록 명령을 내렸다. 여러 나라에서 수십 명의 아름다운 공주들이 자신들의 초상화를 보내왔다. 그러나 왕자는 "이 아가씬 예쁘지 않아"라고 말하며 초상화에 눈길 한 번 제대로 주지 않았다.

연로한 왕과 왕비는 왕자를 이대로 놔두었다가는 왕가의 혈통이 끊어지지 않을까 두려워했다. 왕은 외모보다는 고운 마음씨가 훨씬 더 가치가 있다는 것을 왕자에게 알려주려고 애썼고, 왕비는 단 한 번이라도 제 손으로 손자를 안아보기 전에는 결코 평안히 죽을 수 없다며 자식으로서의 의무감에 호소했다. 그러나 기미 왕자의 마음은 이미 딴 데 가 있었다. 어릴 적부터 아름다움이라면 숲의 요정에 비길 만한 여인이 없다는 대신들의 얘기를 곁에서 들어왔던 것이다. 왕자는 숲의 요정이 아니라면 그 누구도 신부로 맞아들일 수 없다고 선언했다.

그것은 한 나라의 왕도 결코 들어줄 수 없는 요청이었다. 왕과 왕비는 낙심했다. 난생 처음 자신이 요구한 것을 가질 수 없게 된 왕자는 그럴수록 숲의 요정과 결혼하겠다는 결심을 굳혔다. 그는 요정이 사는 곳으로 안내해주는 사람에겐 큰 상을 내리겠다는 방을 왕국 곳곳에 붙이도록 신하들에게 지시했다. 며칠 후 한 마녀가 숲 속 자신의 오두막으로 왕자가 직접 찾아오면 도와주겠다는 전갈을 보내왔다.

기미 왕자는 즉시 기사들을 소집하고 말과 시종들을 준비시킨 뒤 마차를 타고 나팔을 불어대며 마녀의 집을 향해 출발했다. 그는 여행의 지루함을 달래줄 곡예사들과 어릿광대, 그밖에 여러 재주꾼들을 함께 데리고 갔다. 그들은 왕자가 마차의 창문을 통해 볼 수 있도록 마차 주위에서 곡예를 하면서 행진했다. 마차 안에서는 비단옷으로 곱게 치장한 아가씨들이 왕자에게 포도를 알알이 따서 입에 넣어주었고, 길을 달리는 동안 행여 덜커덕거리는 마차 소리가 들릴세라 연주자들과 가수들이 그의 귀를 음악으로 채웠다.

드디어 마녀의 집에 도착한 왕자와 그의 일행은 요란한 색깔의 천막을 치고는 값비싼 음식과 포도주를 꺼내 호화로운 연회자리를 마련했다. 하인 하나가 마녀를 왕자의 연회에 초대하기 위해 마녀의 집 문을 두드렸다.

문이 열리면 사악한 눈빛을 한 노파가 나타날 것이라는 생각에 사람들은 모두 일순 긴장했다. 그러나 모습을 드러낸 마녀는 무시무시한 괴물도 노파도 아닌 앳되어 보이는 처녀였다. 사람들은 안도의 한숨을 내쉬었다.

마녀는 시골 아가씨 같은 평범한 복장을 하고 있었고, 작고 검은 고양이 한 마리가 그녀의 다리에 기대고 있었다.

"이게 웬 소동이죠?"

마녀가 물었다.

기미 왕자는 황금빛의 옷을 번쩍이면서 한 걸음 앞으로 나가 공손하게 인사를 했다.

"이 나라의 왕자인 내가 몸소 찾아옴으로써 당신을 영예롭게 하고, 또 장차 내 신부가 될 숲의 요정에게 가는 길을 묻기 위해 왔소. 물론 당신에게 줄 상금으로 보석상자들을 많이 가져왔소. 우선 나와 같이 여기 앉아서 포도주 한잔 하는 것이 어떻소?"

그러자 어린 마녀가 비웃으며 말했다.

"난 당신의 보석상자도 와인도 필요없어요. 당신의 잘난 광대들이 내 뜰을 난장판으로 만들고 함부로 약초들을 짓밟다니…… 당장 저들을 끌어내요! 당신과 나 단 둘만 남게 되면 그때 이야기하겠어요."

"그건 있을 수 없는 일입니다."

근위대장이 소리쳤다.

"왕자님을 이런 숲 속에 홀로 계시게 할 순 없습니다. 고귀한 사람들은 수행원 없이는 아무 데도 가지 않는 법이죠."

"그럼 맘대로 하시지."

마녀가 말했다.

"하지만 왕자 혼자서가 아니라면 영원히 날 만날 수 없다는 사실을 잊지 마시오."

마녀는 문을 쾅 닫으며 집 안으로 들어가버렸다.

기미 왕자는 궁중의 법도 때문에 중대한 일을 망치고 싶지는 않았다. 그는 근위대장의 반대에도 아랑곳하지 않고 자신이 타고 갈 백마만 남겨두고 모두 돌아가라고 명령했다. 왕자를 홀로 두고 왔다는 사실을 왕이 알면 불벼락이 떨어질 게 뻔했지만 워낙 왕자의 고집이 완강해서 대신들은 일행을 데리고 돌아갈 수밖에 없었다.

일행들이 떠나자 왕자는 마녀의 문 앞으로 다가가 여태까지 남을 위해 써본 일이 없는 귀한 손으로 친히 문을 두드렸다. 마녀가 밖을 내다보았다. 그리고는 기미 왕자와 백마 외에는 아무도 없다는 것을 확인했다. 왕자의 백마는 도금한 말발굽에, 금으로 만든 안장과 보석을 박은 고삐, 온통 진주가 박힌 끈을 달고 있었다.

"말은 내 마구간의 노새 옆에 묶어두시오."

그녀가 명령했다.

"그리고 말에게 물과 신선한 건초더미와 귀리를 넉넉하게 주고 오시오. 또 저 바보 같은 보석 장식들은 다 떼어내시오."

왕자는 지금까지 단 한 번도 누구의 명령을 받아본 적이 없었기 때문에 순간 당황했다. 그러나 그는 순순히 말을 마구간으로 끌고 갔다. 하지만 말의 안장과 고삐를 어떻게 떼어내야 하는지, 건초더미를 어떻게 주어야 하는지, 우물에서 어떻게 물을 길어와 채워주어야 하는지를 몰라서 한참을 헤매야 했다. 시간이 다소 걸렸지만 왕자는 그 일을 모두 해냈다.

왕자가 돌아오자 마녀는 왕자의 왕관과 검을 치우고는 무거운 배낭을 왕자의 등에 메어주었다. 그리고는 자신도 가방 하나를 어깨에 메고 왕자에게 따라오라고 손짓했다.

"어디 가는 거요?"

왕자가 물었다.

"요정의 신성한 숲."

마녀가 대답했다.

"갈 길이 멀고 험해요. 그에 비해 당신 신발은 그다지 튼튼해 보이지 않지만 당신은 해낼 수 있을 거예요."

얼마 지나지 않아 기미 왕자는 보석 장식이 달린 구두가 험한 땅을 밟기에는 튼튼하지 않다는 것을 알았다. 왕자의 구두는 점차 두 발을 죄어왔고, 급기야 발에 물집이 생기기 시작했다. 구두에 달려 있던 보석들도 하나둘씩 떨어져나갔다.

왕자가 마녀에게 좀 쉬었다 가자고 말했으나 그녀는 들은 척도 하지 않았다. 발이 아프고 욱신거려서 좀 쉬어가려던 왕자는 곧 뒤처지고 말았다. 마녀가 그의 시야에서 사라져버리기 전에 그녀를 따라잡으려면 뛰어서 쫓아가야만 했다.

왕자는 몇 시간이고 다리를 절뚝거리며 걸었다. 등에 멘 배낭은 시간이 지날수록 점점 더 어깨를 짓눌러왔다. 그러나 마녀는 여전히 걸음을 늦추지 않고 저만치 앞장서서 걸어갔고, 왕자는 할 수 없다는 듯 이를 부득부득 갈며 그녀를 따라갔다.

그들이 마침내 신성한 숲에 다다랐을 때는 거의 해질 무렵이었다. 마녀는 왕자에게 자신이 간단한 저녁 식사를 차리는 동안 불을 피울 마른 나뭇가지들을 모아오라고 시켰다. 넓은 숲은 온통 부드러운 풀로 덮여 있었고 속삭이는 듯한 큰 소나무들로 둘러싸여 있었다. 숲 한가운데에는 고대에 세워진 돌기둥 하나가 널찍한 돌제단을 굽어보듯 서 있었다. 마녀는 거기에 모닥불을 피우고 나서야 왕자에게 물통을 건넸다. 녹초가 된 왕자는 신분도 체면도 잊은 채 바닥에 털썩 주저앉아 건네주는 물을 꿀꺽꿀꺽 마셨다.

저녁 식사를 마친 후 마녀는 약초 몇 개를 불에 던져 짙은 연기를 피우고는 주문을 외며 숲 주위를 돌았다. 그리고 몇 가지 신비한 물건들을 제단 위에 올려놓고 왕자가 한 번도 들어본 적이 없는 이상한 말들을 하기 시작했다. 얼마가 지났을까. 마녀가 왕자에게 이상하게 생긴 구리 술잔을 건네주며 마시게 하고는 갑자기 날카로운 가시 같은 걸로 그의 팔을 찔렀다. 순간 왕자는 점점 의식을 잃어갔다. 그는 자신이 마취제가 든 술을 마셨음을 깨달았다. 그리고 이 모든 것이 자신을 죽이기 위한 함정이었다고 생각했다. 낯선 여인과 거대한 숲 한가운데 완전히 고립되어 있다는 것을 깨달은 왕자는 스스로 바보 같은 짓을 자처했다고 후회막급이었다.

그러나 너무 늦어버렸다. 왕자는 이미 움직일 수도 없고 말을 할 수도 없었다. 그는 서서히 의식의 가장 깊고 어두운 곳으로 소용돌이치며 가라앉았다.

왕자가 의식의 심연으로부터 가까스로 깨어나 눈을 떴을 때 숲은 텅 빈 것처럼 보였다. 불은 꺼져 있었고, 마녀는 보이지 않았다. 나무 사이로 아침 햇살이 비쳐왔다. 기미 왕자는 천천히 일어나 주위를 둘러보았다.

본 적 없는 오솔길 하나가 시야에 들어왔다. 길 양편에는 초롱꽃들이 줄지어 피어 있었고, 나뭇가지 사이로 보이는 그 길 끝에는 왕자가 있는 곳보다 더 넓은 빈터가 있었다. 그는 길을 따라 걸어갔다. 그러자 곧 눈처럼 하얀 대리석 지붕이 덮인 아름다운 사원이 나타났다. 사원은 이른 아침의 햇빛을 받아 수정처럼 빛나고 있었다.

"마녀가 날 완전히 속인 건 아니군."

그가 혼자 중얼거렸다.

"여기가 바로 숲의 요정이 사는 곳인가 보군."

그는 사원 안으로 들어갔다.

사원 안에 있는 것들은 모두가 하얀색이었고, 반투명한 진줏빛 창으로 비스듬히 들어오는 햇빛을 받아 반짝였다. 홀 중앙에 이르자 은으로 만든 왕좌에 아름다운 여인이 앉아 있었다. 과연 여인은 그가 이제까지 보아왔던 아가씨들과는 비교도 안 될 정도로 눈부시게 아름다웠다. 다이아몬드 왕관을 쓰고 있는 그녀의 머리카락은 부드러운 크림처럼 하얀색이었으며, 창백한 푸른빛 눈동자 역시 하얀색에 가까웠다. 그녀 곁에는 다이아몬드 목걸이를 한 하얀 표범이 웅크리고 앉아 있었다.

왕자는 최대의 예의를 갖춰 아가씨 앞에 우아하게 무릎을 꿇고는 두 손을 맞잡아 올렸다.

"당신이 바로 숲의 요정이군요. 당신의 아름다움에 경의를 표합니다. 비록 제가 당신의 옷자락을 만질 만큼의 가치도 없을지라도, 부디 저의 청혼을 받아들여주시어 나와 함께 해주시기를 청합니다."

말을 마치고 그가 손을 내밀었다. 그러자 표범이 으르렁거렸다. 기미 왕자는 얼른 올렸던 손을 내렸다.

"당신이 가치가 있는지 없는지는 잘 모르겠군요. 하지만 당신은 뭔가 착각하고 있군요. 난 숲의 요정이 아니라 '순수'의 공주랍니다."

"용서하세요. 난 세상의 어떤 아가씨도 당신만큼 아름답지 못하리라고 생각했답니다. 그렇다면 숲의 요정이 있는 곳을 가르쳐주

기미 왕자의 청혼 115

시겠어요?"

"내 표범을 따라가면 그녀를 찾을 수 있을 거예요. 하지만 당신이 해낼 수 있을지 모르겠군요. 당신은 그만큼 용감한가요?"

"당신의 명령이라면 무엇이든지 하겠습니다. 아름다운 공주님."

"그럼, 따라가세요."

그녀가 말했다.

그녀의 말이 끝나자 왕좌 주위에 은빛 안개가 일더니 그녀를 감싸고 사라져버렸다. 몸을 일으킨 표범이 날렵한 몸을 날려 사원의 기둥들을 지나고 숲 속의 나무들 사이로 난 좁은 길을 달렸다. 왕자는 그 표범을 놓치지 않으려고 욱신거리는 발의 통증을 참으며 걸음을 재촉했다. 그러나 그의 노력에도 불구하고 야생에 길들여진 표범과 그와의 거리는 점점 멀어졌다. 하지만 왕자는 포기하지 않고 계속 길을 따라 걸었다.

정오쯤 되어 왕자는 또 다른 빈터에 이르렀다. 빈터 한가운데는 붉은 모래벽 성이 있었고, 성 위에는 피처럼 붉은 깃발이 펄럭이고 있었다. 문은 홍보석으로 장식된 커다란 구리문이었다. 이미 녹초가 된 왕자가 구릿빛 벨을 누르자 문이 소리 없이 열렸다.

그는 아무도 없는 정원을 지나 넓은 홀로 들어갔다. 그 홀에는 위엄 있어 보이는 한 여성이 불꽃이 이글거리는 붉은색의 대리석 왕좌에 앉아 있었다. 그녀는 붉은 벨벳 드레스를 입고 있었으며 루비가 박힌 왕관을 쓰고 있었다. 그녀의 머리카락 역시 매우 짙고 화려한 붉은 마호가니 색이었다. 그리고 그녀 곁에는 붉은색의 거대한 수사자가 앉아 있었다.

"분명해."

그가 혼자 중얼거렸다.

"이 여인이야말로 틀림없이 숲의 요정이야."

그는 허리를 깊숙이 숙여 그녀에게 절을 했다. 그리고 공손하게 자신을 소개하고는 그녀를 찾아오게 된 연유를 설명했다.

"아름다운 아가씨, 당신을 흠모해 마지않는 이 구혼자를 부디 관대하게 대해주십시오. 내 마음은 당신이 틀림없는 숲의 요정이라고 말하고 있습니다."

여인이 붉은 입술을 움직이며 미소를 지었다.

"당신의 마음이 실수를 했군요."

그녀가 말했다.

"난 숲의 요정이 아니에요. 난 '어머니의 영광'이에요."

"용서하세요."

왕자가 말했다.

"난 세상의 어떤 여인도 당신처럼 위엄 있고 아름답지 못할 거라고 생각했어요. 숲의 요정을 만나려면 어디로 가야 하죠?"

"내 사자를 뒤따라가면 숲의 요정을 만날 수 있죠."

그녀가 말했다.

"그런데 당신은 그럴 만큼 용기가 있나요?"

"당신이 시키는 거라면 무엇이든지 하겠습니다. ·영광의 여왕이시여."

"그럼, 따라가세요."

그녀가 말했다.

그러자 갑자기 불길이 치솟더니 불꽃이 홀을 가로지르며 커튼 모양을 만들었다. 열기는 조금도 느껴지지 않았지만 한순간에 성 전체가 불꽃에 휩싸였다가 사라져버렸다. 환상이 사라지자 그는 자신을 향해 으르렁거리는 거대한 사자의 눈과 마주쳤다. 왕자는 꼼짝 못하고 몸을 부들부들 떨면서 서 있었다. 검이라도 가지고 있었더라면 덜 불안할 거라고 생각했다.

사자는 위협하듯이 꼬리를 세차게 흔들고 이빨을 드러내면서 으르렁거리더니 왕자에게 더 이상 볼일이 없다는 듯 휙 돌아서서 깊은 숲 속으로 난 좁은 길로 들어섰다. 그리고는 가끔씩 뒤를 돌아보며 으르렁거렸다.

왕자는 사자와 거리를 유지하며 조심스럽게 뒤를 따라갔다. 그러나 자신을 위협하는 사자나 순식간에 사라진 성 등 자신의 힘이 미치지 않는 영역 밖의 세계라는 생각을 하자 갑자기 용기가 사라지고 걱정이 앞섰다.

길은 점점 더 좁아지고 어두워졌다. 나무들이 빼곡하게 들어차서 햇빛도 거의 들어오지 않았다. 종종 날카로운 가시덤불이 길을 덮어버렸고, 물이 고인 시커먼 웅덩이들이 앞을 가로막곤 했다. 기미 왕자는 도저히 사자를 따라잡을 수가 없었다. 사자는 이미 한참을 앞서갔는지 나무들 사이로 사라져버리고 없었다.

그는 오직 가시덤불과 습지로 된 길을 따라 계속 걸어갔다. 왕자의 비단옷은 가시에 찢기고 진흙투성이가 되었다. 보석이 박혔던 구두는 이제 보석이 다 떨어지고 밑창마저 달랑거리는 데다 발을 너무 죄어와 벗어던져버렸다. 그는 맨발이었고, 옷은 너덜너덜해지고 더러워졌으며, 머리카락은 헝클어져서 아주 볼품없는 모습이 되었다.

저녁이 가까워져서야 왕자는 또 다른 넓은 빈터에 이르렀다. 그곳에는 검은 돌로 만든 허름한 오두막집이 있었다. 담쟁이넝쿨과 잡초들이 둥근 지붕과 검은 벽을 덮고 있었으며, 감옥처럼 검은 철문이 달려 있었다. 왕자가 다가가자 녹이 슬어 삐걱거리는 소리를 내며 문이 열렸다.

안으로부터 기분 나쁜 냄새가 흘러나왔다. 어둠 속에서 누군가의 모습이 드러났다. 등이 꼬부라진 노파가 검은 누더기를 펄럭거리며 서 있었다. 그녀의 피부는 고대 미라처럼 시커멓고 쭈글쭈글했으며, 검댕이 더럽게 묻어 있었다. 그렇긴 해도 그 노파는 여느 할머니들과는 달랐다. 그녀의 시커먼 곱슬머리가 마치 살아 움직이는 뱀의 형상처럼 무시무시하게 느껴졌다. 그녀 곁에선 검은색 퓨마 한 마리가 황갈색 눈으로 그를 노려보고 있었다.

왕자는 떨리는 마음을 가까스로 누르며 자세를 가다듬었다. 그리고는 그 마귀할멈 같은 노파에게 공손하게 인사를 했다.

"실례합니다, 부인. 전 숲의 요정이 살고 있는 곳을 찾고 있답니다. 저에게 가는 길을 가르쳐주시겠어요?"

"바로 이곳이야."

노파가 쉰 목소리로 대답했다.

"네? 다시 한 번 말씀해주시겠어요?"

"여기가 바로 자네가 찾고 있는 요정의 집이라구."

노파가 다시 한 번 힘주어 말했다.

"내가 바로 숲의 요정이야."

왕자는 노파가 헛소리를 하는 거라고 생각했다.

'이 노파에게서 요정에 관한 정보를 뽑아내려면 외교적 수완을 좀 발휘해야겠군.'

이렇게 속으로 생각하고 왕자는 억지 미소를 지으며 노파에게 다시 말을 걸었다.

"전 숲의 요정이 세상에서 가장 아름답다는 얘기를 들었어요. 당신의 지혜로 어찌된 일인지 설명해주시겠어요?"

"넌 눈은 있지만 아무것도 보지 못하고 있어."

노파가 말했다.

'넌 어리석게도 요정의 땅에 들어왔어. 환상의 땅에 말이야. 그러나 넌 환상에 대해 아무것도 아는 게 없지. 넌 바보천치야."

갑자기 노파가 더러운 손톱을 왕자 앞에 불쑥 내밀었다. 그러자 노파 곁에 있던 퓨마가 으르렁거리며 잽싸게 왕자의 목을 향해 달려들었다. 바닥에 나가떨어진 왕자는 저승사자와 마주하듯 바로 코앞에서 검은 퓨마와 얼굴을 맞대고 있었다.

"환상을 이해하기 위해서는 가마솥을 통과해야 해. 거기에서 새로 태어나는 것이지. 네가 찾고 있는 요정을 만나기 위해 너의 하나뿐인 귀중한 생명도 기꺼이 포기할 수 있어? 자네가 그렇게 용감한가?"

왕자는 노파가 무슨 소리를 하는 건지 이해할 수 없었다. 그러나 그의 결심은 흔들림 없이 확고했다. 그는 고개를 끄덕였다.

"죽음이야말로 궁극적인 깨달음이지."

노파가 말했다.

"사람들은 죽음에 이르게 될 때에야 비로소 자기의 여신이 누구였는지 깨닫게 되지. 날 따라와."

그러자 퓨마가 왕자를 놓아주었다. 노파가 그를 향해 손짓했다. 왕자는 노파를 따라 검은 돌로 지어진 오두막으로 들어갔다. 퓨마도 그들의 뒤를 바짝 쫓아왔다.

어둠에 익숙해지자 오두막 중앙의 숯더미 위에 올려진 검은 가마솥이 보였다. 가마솥은 허리까지 잠길 정도로 깊고 황소 한 마리가 통째로 들어갈 정도로 넓고 거대했다.

"그 안으로 들어가."

노파가 왕자에게 명령했다.

"네? 가마솥 안으로 들어가라구요?"

그가 소리쳤다.

"절 놀리지 마세요."

"요정나라의 환상을 깨닫고 싶은가, 아니면 지금 여기서 죽고 싶나? 내 퓨마가 당장이라도 자네 목을 덮칠 준비가 된 것 같은데."

"가만 가만! 내 말 좀 들어봐요."

그가 외쳤다. 왕자는 바짝 약이 오른 상태였다.

"환상이라면 이제 지긋지긋해요. 난 하인들도 잃었고, 손수 마구도 풀고 땔감도 모았죠. 그뿐인가요? 이상한 약도 먹었고, 또 마녀의 속임수에도 넘어갔어요. 진창 속을 억지로 끌려다니고, 욱신거리는 발을 참고 견디면서 거친 들을 건넜어요. 이걸로 끝났나요? 사자와 퓨마에게 위협까지 당하고……. 그런데 그 고생을 무릅쓰고 찾은 건 결국 아름다운 요정이 아니라 날 산 채로 잡아먹으려는 사악한 마귀할멈이라니. 됐어요! 이제는 숲의 요정과 결혼을 못 한다 해도 상관없어요. 난 그냥 집에 돌아가고 싶을 뿐이에요. 집에 돌아가 목욕을 하고 맛있게 저녁 식사를 한 후 잠들고 싶어요. 그리고 아침이면 이 모든 일을 완전히 잊을 수 있으면 좋겠다구요. 당신의 애완동물을 치우고 날 여기서 내보내주세요."

"이제야 정신을 좀 차리는군."

노파가 비웃으며 말했다.

"하지만 너의 요구를 들어줄 수 없어. 겸손해지기 위해 네가 지금부터 배워야 할 교훈은 책임에 관한 것이지. 넌 네가 선택한 결과가 어떤 것인지 지켜보고 받아들여야 해. 너의 탐욕이 널 여기까지 데려온 거야. 이제 너 스스로 결정을 내려야 할 때가 왔어. 그건 통치자의 필수적인 자질이지. 이제 와서 뒷걸음질치는 것은 왕자답지 못한 일이라구. 왕자는 용감해야 해."

"도대체 뭐가 용감하다는 거죠? 죽음의 길을 선택하는 게 용감하다는 건가요? 그건 용감한 게 아니라 어리석은 짓일 뿐이에요."

"정말 어리석은 사람은 마법의 문을 통과해 진짜 요정의 세계를 보는 것보다 퓨마의 발톱에 찢기는 걸 더 좋아하는 사람이야. 우리 야옹이도 그렇게 생각할걸."

그때였다. 퓨마가 왕자를 향해 앞발을 쭉 뻗더니 번쩍이는 발톱을 펼쳐 보였다. 발톱은 매우 길었고, 험악하게 구부러져 있었으며, 그 끝은 바늘처럼 날카로웠다. 퓨마는 기분 좋은 듯 으르렁거리며 붉은 혓바닥으로 자기의 발톱을 핥았다.

기미 왕자는 보는 것만으로도 기가 질려버렸다.

"넌 평생 너 자신을 위해서만 살았지."

노파가 꾸짖듯이 말했다.

"왕이 되기 전에 넌 책임감이 무엇인지 배우고 다른 사람들의 말에 주의를 기울이는 법을 배워야 해. 철부지 왕자님, 이제 내가 하는 말을 좀 들으시지. 지금 당장 저 가마솥 속으로 들어가지 않는다면, 내 야옹이가 순식간에 날카로운 발톱을 세우고 너한테 달려들 거야. 내 야옹이는 좀 거칠다구. 인정사정 안 봐주지. 자, 이제 선택하시지."

"좋아요. 명령대로 하죠."

왕자는 가마솥 안으로 다리 하나를 넣어보았다. 그 안에는 기분 좋을 정도로 따뜻한 액체가 담겨져 있었다. 왕자는 가마솥 속으로 완전히 몸을 집어넣었다. 그러자 액체가 그의 목까지 차올랐다.

그런데 갑자기 그 액체가 아교풀처럼 굳어지더니 마치 늪처럼 그를 밑으로 빨아들이기 시작했다. 그것은 참을 수 없을 정도로 뜨거위지기 시작했다. 왕자가 비명을 지르려고 했지만 입이 끈적끈적한 액체로 꽉 막혀버려 한마디도 할 수 없었다. 그는 몸이 가마솥 안으로 서서히 가라앉는 것을 느끼며 '이것이 위대한 하드스트럭 큰 비텐하임 왕자의 외롭고도 무력한 최후로구나' 하고 생각했다.

의식을 잃은 왕자는 아주 끔찍한 꿈을 꾸었다. 그는 자신의 모든 살이 녹아서 뼈만 남았다고 느꼈다. 앙상한 몸을 일으켜 거대한 강물로 걸어들어갔다. 그리고는 멀리 떨어진 해안으로 떠내려갔는데 거기에는 벌집 모양의 무덤들이 즐비했다. 그곳은 죽은 자들의 땅이었다. 그런데 그의 몸이 갑자기 바람에 날리는 잎처럼 가볍게 들리더니 그 죽은 자들의 무리를 지나 다른 장소로 옮겨졌다.

왕자의 몸이 떨어진 곳은 넓은 목초지였다. 흙이 그의 뼈들을 덮기 시작했고 이윽고 그 흙은 살로 변해갔다. 그가 손발을 움직여보자 몸에 새로 붙은 근육이 느껴졌다. 이 모든 게 꿈인지 현실인지 분간하기 어려웠다.

정신을 차리고 보니 왕자는 어두운 오두막 안의 거대한 가마솥 안에 서 있었다. 노파와 그녀의 검은 퓨마도 그의 앞에 있었다.

"내가 죽은 게 아니었구나!"

왕자가 놀라서 외쳤다.

"물론이지, 이 멍청아."

노파가 말했다.

"하지만 넌 변했어. 넌 이제 무엇이 중요하고 무엇이 중요하지 않은지, 무엇이 실재이고 무엇이 환상인지 조금 알게 되었을 거야.

숲의 요정이 죽음에 이르게 하는 존재라는 것도 깨달았을 거야. 그것은 자연의 순환 법칙을 깨닫는 것과 같지. 자, 날 봐."

노파는 뱀처럼 엉켜 있던 머리카락과 입고 있던 검은 누더기를 벗어던졌다. 그러자 처음 만났던 어린 마녀의 모습이 드러났다. 그녀의 곁에는 검은 고양이가 있었다. 가마솥과 오두막, 우거진 잡목이 온데간데없이 사라졌다.

왕자는 자신이 숲 속의 신성한 제단 앞에 서 있다는 것을 깨달았다. 바로 그때, 나무 끝에서 아침 해가 솟아올랐다.

"당신이!"

왕자가 소리쳤다.

"당신이 숲의 요정이었군요!"

"조금 전에 내가 그렇게 말했잖아요."

그녀가 대답했다.

"그럼 이 모든 것이 마술이 만들어낸 꿈이고, 내가 마신 마법의 약이 빚어낸 환상이었단 말인가요?"

"전부는 아니에요. 마법의 약만으로 환상이 생기지는 않아요. 자기 자신에게서 생겨나기도 하죠. 이제 당신의 삶은 훨씬 풍성하게 채워졌어요. 나도 잘난 척만 하는 어린아이와 결혼할 수는 없었거든요. 높은 지위에 있는 사람일수록 겸손의 미덕을 배워야 해요. 그리고 죽음을 수용할 수 있는 사람이야말로 삶에 대해 가장 경건한 자세를 갖게 되죠."

"요정 아가씨, 당신은 참으로 현명하군요."

기미 왕자가 그녀의 손을 붙잡으며 말했다.

"부디 나와 결혼해서 내가 나라를 잘 다스릴 수 있도록 인도해주기 바라오."

숲의 요정은 기꺼이 왕자의 청혼을 받아들였다. 그리고는 왕자에게 허름한 옷 한 벌을 꺼내주었다. 요정이 노새에 안장을 올려놓는 동안 왕자는 마구간에서 그의 말을 끌고 나왔다. 그들은 함께 왕궁으로 돌아왔고, 왕과 왕비는 이 총명한 아가씨를 처음 보는 순간 마음에 쏙 들어했다. 그리고 그녀의 검은 고양이는 왕궁에서 제일 사랑받는 애완동물이 되었다.

왕과 왕비가 죽은 뒤 왕비가 된 요정은 겸손하면서도 현명한 자세로 남편을 이끌어 왕국을 번창시켰다. 왕의 별명은 '기미'에서 '기버(Giver : 주는 자)'로 바뀌었고, 그들은 행복을 누리며 오래오래 살았다.

시인 토머스 라이머의 사라진 칠 년

이 이야기는 한 유명한 음유시인(Bard, 고대 켈트족의 음유시인으로 주로 하프를 타면서
민족의 역사를 노래했다)이 음악의 여신인 요정 여왕의 양자가 된 전설을 거의 그대로 옮긴 것이다.
켈트족의 전설에 따르면, 요정 여왕이 어셀도운 가문의 토머스에게 나타나서
그를 '달의 피가 흐르는 강' 너머 요정의 나라로 데려갔고, 토머스는 그 신비의 나라에서
시와 음악을 배웠다고 한다. 요정 여왕이 그의 스승이었다. 토머스가 요정들과 보낸 시간은
아주 짧게 느껴졌으나 세상에서는 칠 년이라는 세월이 흘렀다.
켈트족 시인들은 오르페우스와 므네모사의 숭배자들처럼 어머니 여신의 우주적 자궁을 상징하는
지하세계의 커다란 솥(cauldron)에 진정한 영감이 존재한다고 믿었다.
여신은 또한 세리드웬, 모건 등 다양한 모습으로 죽은 자들을 받아들였다.
아서 왕의 전설에서 아서 왕의 누이이자 요정인 모건 르 페이(운명 또는 요정의 여신인 모건)로
나오기도 하는 그녀가 여신으로 묘사된 것은 고대부터이다. 그녀의 상징은 별무늬이며,
그녀의 사제들은 모두 칠 년의 수련기간을 거쳤다고 전해진다.

■■■옛날에 토머스라는 젊은 영주가 있었다. 어셀도운 백작의 후계자이기도 한 토머스는 어릴 적부터 귀족이 갖추어야 할 예의범절을 배우면서 자랐다. 말하자면 약자와 싸우거나 죽이고 남의 땅에 쳐들어가 가축과 곡식을 착취하면서도, 겉으로는 점잔을 빼고 툭하면 여자들이나 꼬시는 바람둥이 귀족 교육을 받았던 것이다.

　그는 이런 교육을 충실히 받았다. 하지만 시골의 영주 생활에 만족하지 못했던 그가 진짜 바라는 것은 시인이었다. 그러나 불행히도 그에겐 시적 재능이라곤 눈곱만큼도 찾아볼 수 없었다. 그가 자신의 최신작 시 모음을 낭송하기 위해 '시의 밤' 파티를 열 때면 친한 친구들조차 그의 초대를 피할 정도였으니, 언제부터인가 '시의 밤' 손님은 그의 하인들로 메워졌다. 주인의 청이라 거절할 수도 없는 하인들은 어쩔 수 없이 자리에 참석은 했지만 눈도장이나 찍으면 그만이라 시를 듣는 내내 불평을 하면서 어떻게든 빠져나갈 궁리만 했다.

　사실 토머스도 이따금 자신의 시가 너무 형편없다는 생각이 들 정도였으니 그의 재능이 얼마나 형편없었는가는 짐작이 갈 것이다. 그는 "이 행은 좀 다듬을 필요가 있어"라거나 "이게 최고의 비유는 아닌 것 같아, 그렇지?"라고 말하곤 했다. 그러면 그의 불쌍한 청취자들은 그의 말에 동의를 표했다. 그럴 때마다 토머스는 몇 편의 시를 더 썼다. 하지만 그 시들은 더욱 형편없어서 듣는 이들을 괴롭히고 난처하게 만들었다.

쾌청하고 따사로운 오월 어느 날 토머스는 시적 영감을 받기에 딱 좋은 날이라 생각하며 헌틀리 강둑에 앉아 새로운 시를 구상하고 있었다. 펜으로 이빨을 톡톡 두드리며 자신이 창작의 고통으로 괴로워하는 음유시인이라는 생각에 그는 스스로 도취해 있었다.

그때 갑자기 말을 탄 여인의 무리가 나타났다. 그들은 모두 머리에서 발끝까지 초록색 옷을 입고 있었다. 그 가운데 가장 키가 크고 아름다운 여인이 우두머리인 듯했다. 그녀는 왕관을 쓰고 있었고 은으로 만든 안장을 한 순백색의 말을 타고 있었다.

토머스는 자리에서 일어나 정중하게 그들을 맞았다.

"존귀하신 분들께서 제 영지에 오신 걸 환영합니다."

모자를 벗고 절을 하며 그가 말했다.

"어느 분께서 제 집으로 안내하는 영광을 주시겠습니까? 그런데 실례지만 어디에서 오셨는지요?"

그는 한껏 시적 분위기를 돋우어 말했다. 그러자 우두머리처럼 보이는 여인이 대답했다.

"우리는 당신이 모르는 곳에서 왔소. 그리고 우리가 온 것은 이 땅이 당신의 영지가 아니라는 것을 알려주기 위해서요. 이 땅은 내 것이오. 세상이 시작됐을 때부터 이곳은 '어셀즈 다운'으로 알려져 왔소. '어셀'이란 당신 조상들이 요정의 여왕에게 붙여준 이름이라는 것을 당신도 알 것이오. 그러니 당신은 내 허락이 있어야만 이 영토를 관리할 수 있소."

토머스는 깜짝 놀랐다.

"그렇다면 당신이 그 요정의 여왕이란 말씀입니까?"

"그렇소. 듣자 하니 그대는 내가 선물로 준 영감을 제대로 사용하지 못하고 있더군요. 요정들이 수백 년 동안 아끼고 보살펴온 이 땅을 시와 노래에 담으라고 영감을 주었는데 말이오."

"잘못 사용하다니요? 어떻게요?"

"당신이 쓰는 그 엉터리 시 말이오."

요정의 여왕이 말했다.

"당신은 진정한 시적 영혼을 무시하고 있소. 그것은 여성 안에, 그리고 여성과의 관계 속에 있는 것이오. 당신에게는 시신(뮤즈)이 없어. 당신은 '바보는 똑똑해 보이려고 할 때 가장 바보스럽다'는 우리 할머니들의 말씀 그대로야."

"사실입니다. 사람들은 제 작품을 들으려고도 하지 않아요."

토머스는 침울한 표정으로 대답했다.

"그걸 인정한다면 교육의 첫 단계는 밟은 셈이오. 약간의 겸손은 있는 듯하니까 말이오. 훌륭한 시인이 되고 싶은가요?"

"그야 물론이죠."

토머스가 말했다.

"좋소. 그러면 당신이 교육을 받을 만한 자격이 있는지 시험해보겠소."

말에서 내린 그녀는 말을 나무에 묶고 나서 동행자들을 향해 손을 내저었다. 그러자 그들은 모두 처음 나타났을 때처럼 갑자기 사라져버렸다.

여왕은 강둑에 앉더니 토머스에게 자신의 무릎을 베고 눕도록 했다. 토머스는 그녀가 시키는 대로 했다. 그러자 그녀가 치마 속에서 클라레 포도주 한 병을 꺼내서 그에게 주었다.

"마셔요. 당신에게 힘을 줄 테니."

토머스는 그녀가 시키는 대로 클라레 포도주를 한 모금 마셨다. 포도주는 이상야릇한 짠맛이 느껴졌다. 신비하게도 그의 몸 전체가 울렁거리는 것 같았다.

"당신은 이제 나와 함께 요정의 나라 엘프랜드로 가야 하오. 당신이 요정 왕국이라고 부르는 곳 말이오."

여왕이 말했다.

"당신은 내 옆에서 말 안장을 꼭 잡고 뛰어야 하오. 그래야 끝까지 나를 따라올 수 있소. 알겠소?"

그녀는 말이 끝나자마자 말에 올라타더니 달리기 시작했다. 토머스는 오른손으로 그녀의 왼쪽에서 말 안장을 꽉 붙잡았다. 손가락이 꺾쇠로 조인 듯 고정된 것 같았다. 그리고 자신도 모르게 몸에 힘이 솟아 단단해지는 느낌이 들었다. 그 덕분에 그는 가뿐하게 걷는 정도로도 말의 속도를 따라잡을 수 있었다.

그들은 언덕을 넘고 계곡을 지나 이제껏 본 적이 없는 계곡과 들판, 그리고 절벽으로 둘러싸인 황량한 벌판으로 달려갔다. 그러다 그들은 피처럼 붉게 흐르는 강을 따라 상류로 올라갔다.

얼마를 가자 두 개의 긴 둑 사이로 난 강이 점차 좁아지더니 마

침내 거대한 산으로 에워싸인 가파른 절벽이 그들의 앞을 가로막았다. 절벽 밑에는 캄캄한 동굴로 들어가는 입구가 있었고 바깥쪽으로는 붉은 강이 흐르고 있었다.

"이제 저 강물로 들어가야 하오."

말이 끝남과 동시에 요정의 여왕은 말과 함께 강물로 뛰어들어 동굴 속으로 들어갔다. 토머스도 요정의 여왕이 하는 대로 뒤따라 들어갔다. 물은 이상할 정도로 따뜻했고 무릎까지도 채 올라오지 않았다. 주위는 칠흑같이 캄캄해 아무것도 볼 수 없었고, 말발굽 소리가 무거운 정적을 깨뜨리며 들려왔다. 그가 느낄 수 있는 것이라고는 오직 꼭 붙들고 있는 말 안장과 그의 다리 사이로 흐르는 강물뿐이었다.

토머스는 몇 시간은 족히 여행을 했으리라는 생각이 들었고 이제 너무 지쳐서 더 이상 말 안장을 붙잡기가 힘들었다. 그런데 바로 그때 갑자기 말이 걸음을 멈추었다.

요정의 여왕은 가느다란 빛을 내는 지팡이를 들어올렸다. 지팡이가 내는 희미하고 푸르스름한 불빛을 통해 타원형 바위벽이 보였다. 거기서 길이 멈추고 붉은 물줄기가 그쳤으며, 벽에는 신기하게도 둥근 철문이 있었다.

"여기가 땅의 중심이오."

그녀가 말했다.

"아직까지 저 문을 통과한 사람은 단 세 명이었소. 그들은 이름만 들어도 누구인지 금방 알 수 있는 사람들이오. 이제 당신은 '욕망 충족'의 영역으로 들어가게 될 거요."

그녀의 말이 끝나자 문이 양옆으로 갈라지며 뒤로 젖혀졌다. 그 안에는 세 개의 복도가 세 방향으로 나 있었다. 첫 번째 복도는 하얀빛이 가득 찼고, 두 번째 복도는 붉은빛이 쏟아지고 있었고, 세 번째 복도는 어두컴컴했다.

"이것이 마지막으로 선택할 수 있는 길이오."

그녀가 말했다.

"첫 번째 길은 천국에 이르고, 두 번째 길은 지옥, 세 번째는 요정의 엘프랜드로 이어지는 길이오. 내가 가는 길을 따르겠소?"

"예."

토머스가 대답했다.

그들은 어두운 세 번째 길로 들어섰다. 요정의 여왕이 지팡이를 갖다대자 길은 초록빛으로 점차 밝아졌다. 통로는 언덕 꼭대기를 향해 뚫려 있었고, 황금빛 태양 아래 드넓은 정원이 펼쳐져 있었다.

토머스는 여태까지 그토록 아름다운 정원을 본 적이 없었다. 비단을 펼쳐놓은 듯한 푸른 잔디와 들꽃이 만발한 강둑 사이로 다이아몬드처럼 영롱한 시냇물이 흐르고 있었다. 작은 연못은 에메랄드처럼 빛나고, 하얀 백합들이 지천으로 피어 있었다. 계절이 따로 있지 않은 낙원에는 무르익은 사과, 복숭아, 배 들과 석류와 체리, 살구, 오렌지들이 초록 잎새들 사이로 보였다. 풀밭 주변 곳곳에는 우윳빛 대리석 의자들이 있었고, 색색의 꽃들로 둘러싸인 사원이 보였다. 은빛 연못에서는 분수가 솟아나고, 나무 위에서는 온갖 새들이 노래했다.

화려한 옷차림을 한 사람들이 오고 갔다. 어떤 이들은 조용히 걷고, 어떤 이들은 춤을 추고, 또 어떤 이들은 무리지어 노래를 하거나 음악가의 연주를 듣고 있었다. 연인들은 함께 앉아 속삭이고, 사슴·토끼·다람쥐·여우 등 숲 속 동물들은 마치 집고양이처럼 잘 길들여져 있어 사람들의 손에서 먹이를 받아 먹었다. 향기로운 산들바람과 알맞게 내리쬐는 햇볕은 더없이 편안하고 좋았다.

"이것이 오래 전 낙원이오."

여왕이 말했다.

"당신네 조상들의 꿈으로 창조되었지. 적어도 그들이 땅을 숭배했던 시절에는 말이오. 이제는 불과 몇 명만이 이곳을 볼 수 있는 특권을 갖고 있지. 하지만 어셀즈 다운이 우리의 성지이고, 당신이 그곳의 시인이 되고 싶어했기 때문에 당신이 선택된 거요. 우리는 당신이 이 전통을 이어받을 만한 사람이길 바라고 있소."

"크나큰 영광입니다."

토머스가 겸손하게 말했다.

여왕은 그를 자신의 궁전으로 데려갔다. 대리석과 유리가 잘 조화를 이룬 궁전은 섬세하게 조각된 하얀 기둥이 우아함을 더해주었다. 탁 트인 테라스에는 아름다운 꽃들이 장식되어 있어서 화사한 분위기를 연출했다.

토머스는 커다란 방으로 안내되었다. 방안의 하늘하늘한 커튼이 바람에 살랑거렸고, 아름답게 수를 놓은 의자 커버는 손님을 편안하게 해주었다. 시종이 크리스털 접시에 잘 익은 과일과 케이크를 담고 와서 보석으로 장식된 탁자에 두고 갔다.

토머스는 이곳에서 매일 꿈결같이 달콤하고 행복한 시간을 보냈다. 요정의 여왕은 그에게 사랑에 관한 비밀들을 가르쳐주었고, 그를 위해 많은 교사들을 초빙했다. 그는 그들로부터 독자들의 심금을 울리는 시를 쓰는 법을 배웠다. 그리고 옛날이야기들을 운율에 맞춰 들려주는 법과 하프 연주법, 천상의 영혼처럼 순수한 목소리로 노래하는 법을 배웠다. 매력적인 목소리를 자아내 듣는 이로 하여금 오래 전의 낙원을 한 번 더 꿈꾸게 하는 말과 음악 사용법을 배웠다. 토머스는 마침내 그토록 갈망하던 대로 가장 위대한 시신(詩神)으로부터 영감을 받은 것이다.

그가 성실히 수업을 다 마쳤을 때 여왕은 마지막 시험을 위해 삼나무의 달콤한 향기가 흐르는 방으로 그를 불렀다. 그곳에는 그의 스승이기도 했던 요정 시인들이 그의 능력을 평가하기 위해 다른 손님들과 함께 모여 있었다. 토머스는 다소 긴장되긴 했지만 자신이 있었다. 그 동안 그가 배운 것들은 매우 훌륭했고, 그 또한 열심히 배웠기 때문에 이제 더 이상 실수를 저지르지 않을 것이라고 확신했다.

그는 연주도 성공적으로 잘해냈고, 노래도 부드럽게 잘 불렀다. 우아한 운율에 맞춰 들려주는 그의 이야기에 요정들의 눈에서 눈물이 쏟아졌다.

"축하하오. 당신은 시험에 통과했소."

요정의 여왕이 말했다.

"이제 당신을 '진실한 토머스'라 부르겠소. 옛 방식과 옛 신앙에 비추어 진실한 사람이라는 의미에서 말이오. 이제 가도 좋소. 그리고 어셀즈 다운에 걸맞은 시인이 되시오."

"존귀하신 여왕님. 저를 보내시려는 겁니까?"

토머스가 울부짖듯 말했다.

"여기 온 지 고작 몇 주밖에 안 되었는데, 마음 같아서는 남은 삶도 당신 곁에서 보내고 싶습니다. 조금만 더 머물게 해주십시오."

"진실한 토머스, 이제 당신에게 진실을 말해주겠소. 우리가 헌틀리 강둑에서 만나 여기로 온 후 세상에서는 칠 년의 시간이 흘렀다오. 당신 아버지는 돌아가셨고 당신 어머니도 당신을 간절히 보고 싶어하오. 이제 당신은 가야 할 때가 되었소."

토머스는 자신이 요정의 나라에서 살고 있는 동안 그렇게 많은 세월이 지났다는 사실에 깜짝 놀랐다. 그는 눈물을 흘리며 여왕에게 작별 키스를 한 뒤 다른 스승과 친구들과도 작별 인사를 나누며 자신을 잊지 말라고 당부했다.

여왕은 토머스에게 황금 잔에 담긴 마법의 술을 주었다. 그것은 지금까지 한 번도 맛보지 못했던, 환희를 느끼게 하는 맛이었다. 그 술을 마시자마자 토머스는 정신이 몽롱해지고 팔다리에 힘이 빠지면서 의식을 잃고 쓰러졌다.

의식을 되찾았을 때 그는 요정 나라의 초록 의상을 입고 허리까지 자란 머리카락을 베개 삼아 헌틀리 강둑에 누워 있었다. 옆에는 그의 하프가 놓여 있었다. 그는 일어나서 눈을 비볐다. 나무들은 훨씬 자라 있었고, 시냇물은 탁해진 것 같았다. 칠 년이라는 세월 동안에 모든 게 너무나 달라져 있었다.

토머스가 집으로 돌아오자 그가 실종된 줄 알고 시름에 잠겨 있던 어머니와 누이들이 기쁨의 눈물을 흘리며 그를 맞았다. 그는 요정의 나라에서 지냈던 얘기를 들려주었지만 식구들은 귀 기울여 듣지 않았다. 어머니마저도 그가 정신이 이상해졌다가 이제 회복돼 돌아온 거라고 생각했다.

어머니는 그가 사라진 칠 년간 일어났던 일들을 자세히 들려준 끝에, 왕이 남자 상속자가 없다는 이유로 아버지의 영지를 수도원에 합병하려는 찰나에 그가 돌아온 것이라고 일러주었다. 그 말을 들은 토머스는 그 길로 곧장 달려가 상속 절차를 밟았다.

몇 년이 지나 '진실한 토머스'는 그 나라에서 가장 자비롭고 사랑받는 지주가 되었다. 그는 이제 더 이상 사냥도 하지 않고 나무도 함부로 베지 않았으며, 특히 여성을 진심으로 존중했다. 그는 이웃 나라 출신의 솔직하고 마음씨 고운 자기 부인을 깊이 사랑했다.

그는 땅을 지키는 방법을 몸소 실천했으며, 언제나 정직했고, 소작농들에겐 공평했다. 그는 더 이상 옛날의 토머스가 아니었다.

그는 또한 유명한 시인이 되었다. 그의 명성은 바다 건너까지 널리 퍼져, 그의 시를 듣기 위해 여러 나라에서 순례를 오기도 했다. 그의 시는 잃어버린 낙원의 향수를 불러일으키고 사람들의 아름다운 꿈을 되찾아주었다. 그것은 영원히 끝나지 않기를 바라는 행복한 꿈이었다. 그래서 사람들은 그를 '토머스 라이머'라 불렀으며, 어떤 이들은 그를 호머나 버질, 사포 같은 시인에 비교하기도 했다.

오늘날까지도 그는 요정의 나라를 방문했을 때의 이야기를 들려주며 행복하게 살았던 사나이 토머스 라이머(rhymer, 운율을 맞추는 사람, 즉 시인이라는 뜻)로 알려져 있다.

네 명의 순례자와 신탁의 비밀

장님과 코끼리에 관한 우화에서 한 장님은 코끼리의 꼬리를 붙잡고 코끼리가 밧줄처럼
생겼다고 했고, 다른 장님은 코끼리의 다리를 만져보고는 코끼리가 통나무처럼 생겼다고 했다.
그러자 코를 만져본 또 다른 장님은 코끼리가 뱀처럼 생겼다고 했고,
귀를 만져본 장님은 코끼리가 부채처럼 생겼다고 말했다.
인간과 신의 관계에서도 이와 비슷한 현상이 벌어진다. 신은 눈으로 보고 만질 수 있는
객관적인 실체가 아니기 때문에 인간들은 신이라는 개념에 대해 자신의 생각을 투영한다.
남자들은 남신을 창조하고, 여자들은 여신을 창조하게 된 이유다.
이 이야기에서 순례자들은 신탁과 함께 별이 새겨진 메달을 받는데, 별은 종종 영혼을 상징한다.
지금의 언어에도 그 흔적이 남아 있는데 바로 '정령(astral self, 어원상 astral은 star의 라틴어의
형용사적 형태로 '별의' 또는 '별모양의' 라는 뜻이다.—옮긴이)' 이라는 단어다.
이 이야기는 또 델포이의 신탁을 염두에 두고 꾸민 것이다. 아폴론은 델포이의 신탁을 내리는
큰 뱀(퓌톤)을 죽이고 그 자리를 빼앗았다고 한다. 다른 전설에서는 이때 죽인 것이 뱀이 아니라
'자궁 같은 것' 이라는 이름을 가진 암룡이라고 전해진다. 이렇게 해서 원래 여사제들의
신전이었던 지하 사당은 아폴론 신전이 되었다. 그전까지 여사제들은 뮤즈들에게 헌신하였고,
아폴론의 세력은 강하지 않았다.

■■■아주 오래 전에 한 유명한 신전이 있었는데, 그 신전에서 내리는 신탁(oracle, 신의 계시)은 전통이 매우 깊고 거룩한 것이어서 먼 나라에서도 신탁을 받으려는 순례자들이 찾아오곤 했다.

신전은 깊고 가파른 골짜기가 내려다보이는 험한 산 중턱의 커다란 동굴에 자리잡고 있었다. 신전이 있는 바위틈에서 샘이 솟아나와 시내를 이루며 골짜기를 따라 흘러 내려갔다. 사람들은 그 물이 병을 낫게 하는 영험한 마력이 있다고 믿었고, 신전의 정직하지 못한 몇몇 사제들은 이 물을 작은 유리병에 담아 순례자들에게 팔았다. 그 물은 사실 아무것도 치료하지 못했으나 사제들은 많은 돈을 벌었고, 편안하고 풍요로운 삶을 누렸다.

신전으로 오르는 길목에는 멀리서 여행 온 순례자들이 묵고 가는 여인숙들이 빽빽하게 늘어서 있었다. 일 년 내내 순례자들이 몰려들어 여인숙은 언제나 만원이었고, 덕분에 여인숙 주인들도 많은 돈을 손에 쥘 수 있었다.

순례자들은 여인숙에 모여 앉아 신탁의 신빙성에 대해 열띤 토론을 벌였다. 이미 그 신성한 동굴을 방문해 자신의 눈으로 직접 신을 보았다는 사람들의 의견은 저마다 달랐다. 그들이 묘사하는 신의 모습도 각기 달랐다.

하루는 신탁을 받기 위해 신전을 찾아가던 네 명의 순례자가 한 여인숙에 묵게 되었다. 그들에게선 아무런 공통점도 찾아볼 수 없

었다. 한 사람은 보통 사람보다 두 배 반은 더 몸집이 컸는데, 두세 사람이 앉을 수 있는 소파에 겨우 몸을 집어넣을 수 있었다. 두 번째 사람은 난쟁이였다. 그의 몸집은 거인의 무릎 정도밖에 되지 않아 탁자에서 그와 이야기를 나누려면 그가 앉은 의자를 높여야만 했다. 세 번째 사람은 잘생긴 젊은 왕자였는데, 화려하게 차려입은 그는 금 손잡이가 달린 칼과 자줏빛 시계를 자랑하고 있었다. 네 번째 사람은 머리가 희끗희끗한 여인으로, 평범한 검은 옷에 부적이 달린 은줄을 목에 걸고 있었다.

거인은 자신을 왕의 근위대장이라고 소개했다. 누구도 감히 도전할 수 없을 정도로 검술이 뛰어난 위대한 전사라고 말했다. 난쟁이는 자신을 왕의 어릿광대라고 소개하고는 독창적이고도 기발한 익살로 궁중 사람들의 인기를 한 몸에 받고 있다고 자랑했다. 왕자는 자신의 생모가 왕과 합법적인 결혼식을 올리지 않았기 때문에 왕위를 상속받지는 못하지만 궁궐에서 화려한 생활을 누리고 있으며, 다른 왕자들과 동등한 대우를 받고 있다고 자신을 소개했다.

세 사람이 모두 자기 소개를 마치자 일행은 일제히 검은 옷을 입은 여인의 소개를 재촉하듯 그녀를 돌아보았다. 그러자 그녀가 조용히 말했다.

"난 어떤 왕에게도 속하지 않고, 또 어떤 사람에게도 속하지 않아요. 난 마법사예요. 신전에 가서 계시의 기술을 배우려고 왔어요."

"그러면 당신은 계시가 신의 선물이 아니라 하나의 기술이라고 믿는 건가요?"

왕자가 물었다.

"물론이죠."

마법사가 대답했다.

"진실한 예언자는 미래를 보는 자가 아니라 자신의 귀에 들리는 자연의 소리를 듣는 자예요."

그러자 이번에는 난쟁이가 물었다.

"내가 사람들을 웃기기 위해 재미있는 말과 익살스런 몸짓을 익히고 연습해서 어릿광대 노릇을 하듯이 설마 계시도 배워서 할 수 있다는 건가요?"

"맞아요, 난 그렇게 생각해요."

그녀가 대답했다.

"대부분의 사람들은 기적을 무조건 믿으려고 해요. 그것이 신비롭고 초자연적인 현상처럼 보이지만 실제로 일어날 수 있는 평범한 일일 경우에도 말이죠. 납득할 수 있게끔 아무리 설명을 해주어도 그들은 정말 불가사의한 뭔가를 감추기 위해 자신들을 속인다고 생각하죠."

"당신은 사람들의 믿음을 깨뜨리려고 하는 건가요?"

거인이 화를 내며 물었다.

"당신이 여자가 아니었다면 당장 바깥으로 끌어냈을 거요. 다시는 그런 말을 못하게 말이죠. 세상엔 분명 마법의 힘과 신의 힘이 있어요. 그렇지 않다면 우린 더 이상 살아갈 아무런 희망도 없을 거란 말이오."

"난 내 생각을 말했을 뿐이에요."

마법사 여인이 말했다.

왕자가 다시 한마디 거들었다.

"당신은 예언과 주문과 마술을 할 수 있잖아요. 당신이 매일 연습하는 것이 바로 그런 거 아닙니까?"

"그건 내 생활이죠."

마법사 여인이 어깨를 으쓱하며 대답했다.

"그만둡시다."

난쟁이가 충고를 하고 나섰다.

"우리가 신탁을 받기 위해 가는 곳은 세상에서 가장 훌륭하고 신성한 신전이죠. 그 신전에서 내리는 신탁이 그녀에게 무언가를 보여줄 거예요. 우리 모두에게도 진실한 신의 모습을 보여줄 거구요. 우린 배우려고 여기 온 것이지, 싸우러 온 게 아니잖아요."

"그러니까 저 마법사는 자기 견해를 고집할 게 아니라 우선 배워야 한다는 말이지."

거인이 투덜댔다.

"당신이 우리들 중 제일 먼저 신전에 들어가보는 게 어때요? 신전은 한 번에 한 사람씩만 들어갈 수 있거든요. 당신처럼 용감한 전사야말로 어떤 위험과 마주치더라도 맞설 수 있는 훌륭한 자질을 갖추고 있겠죠. 그리고 돌아와서 우리에게 신탁의 실체가 무엇인지를 가르쳐주시지요."

마법사 여인의 비아냥거리는 말뜻을 제대로 이해하지 못한 거인은 자신이 미지의 일을 가장 먼저 경험할 만한 자질이 있다는 것으로 알아듣고 몹시 흡족해했다. 다른 사람들도 기꺼이 찬성했다.

그들은 다음 날 아침 일찍 거인을 지켜보기 위해 절벽 아래에 있는 신전의 사원으로 올라갔다. 거인은 램프를 든 하얀 옷의 사제를 따라 신성한 동굴 안으로 들어가면서 남은 사람들을 향해 힘차게 손을 흔들었다.

거인은 어두컴컴한 굴 안으로 한참을 걸어들어갔다. 사제가 든 램프의 불빛이 간신히 빛을 발하고 있었다. 그렇게 얼마를 가자 어렴풋하게 불빛이 보이면서 넓은 굴이 나타났다. 거기에는 반투명한 용암들이 갖가지 모양을 형성하고 있었고, 그 뒤로 불꽃이 이글거리는 램프들이 놓여 있었다. 중앙의 황금 제단 위에는 어두운 빛깔의 액체가 유리컵에 담겨져 있었고, 흰 옷을 입은 아름다운 아가씨가 제단 옆에 서 있었다. 그녀는 유리컵을 들어 거인의 입술에 갖다대고 거인이 다 마실 때까지 컵을 받치고 있었다. 그것은 이상한 맛이 나는 와인 종류의 음료였다.

그가 음료를 마시고 나자 사제는 그림들이 걸려 있는 긴 화랑으로 그를 안내했다. 그림들은 그가 움직일 때마다 깜박이는 램프의 빛 때문에 춤을 추는 것처럼 보였다. 동굴 깊숙한 곳에는 신비한 조각상들이 여러 개 서 있었다. 조각상들은 반짝이는 보석이 박힌 옷을 입고 있었는데, 마치 살아 있는 것처럼 보였다. 길을 따라 늘어선 향로에서는 야릇한 향과 함께 연기가 피어올랐다. 거인은 머릿속이 윙윙거리고 현기증이 났다.

얼마 후, 거인은 마침내 금빛 커튼으로 된 문 앞에 멈춰 섰다. 사제가 커튼 옆으로 비켜서며 그에게 안으로 들어가라는 눈짓을 보냈다. 거인은 혼자서 신탁이 내리는 방으로 들어갔다.

그곳은 자연적으로 생긴 동굴이었는데, 색색의 실로 수놓은 화려한 비단들이 높은 천장과 벽을 장식하고 있었다. 방의 중앙에는 거대한 검정 대리석 왕좌가 있었고, 그 위에 코끼리처럼 크고 무서운 거인이 앉아 있었다. 그의 머리는 너무 거대해서 천장에 닿을 듯했으며, 그의 다리는 나무의 밑동 같았고, 그의 손은 빵바구니만했다.

찬양과 경탄을 연발하던 거인 순례자는 무서운 거인에게 빨려 들어가는 것처럼 느껴졌다. 그는 신 앞에 무릎을 꿇고 경배했다. 그러자 신은 그를 향해 몸을 굽히고는 그에게 작은 금메달을 건네주었다. 오각형의 별이 조각되어 있는 메달이었다.

마침내 신의 크고 두툼한 입술이 열렸다.

"사람들은 모두 자신의 별을 따르게 되어 있다. 그리고 모든 별들은 땅 위로 지게 되어 있지. 시작이 있기 때문에 끝도 있는 거야. 현명한 사람이 되어라. 이게 내가 너에게 내리는 신탁이다."

신은 몇 마디의 말을 하고는 턱을 높이 치켜들고 눈을 감아버렸다.

신탁이 끝났음을 알아챈 거인은 메달을 단단히 쥐고 안내인과 함께 구불구불한 통로를 지나 동굴 밖으로 나왔다. 그의 머리는 여전히 윙윙거렸다. 그는 무언가 깊은 뜻이 담긴 중요한 경험을 했다고 느꼈다. 그러나 그는 알쏭달쏭하기만 한 신탁의 의미를 풀기 위해 고심해야 했다.

동료 순례자들에게 돌아온 거인은 감격에 찬 어조로 형언할 수 없는 경험을 했노라고 외쳤다. 그러면서 신이 자신보다 훨씬 더 크기는 했지만 자신과 같은 거인이었다고 자신 있게 말했다.

다음날 아침은 난쟁이의 순서였다. 그 역시 나머지 순례자들에게 손을 흔들며 안내인을 따라 신전으로 들어갔다. 그리고 거인과 똑같이 황금 제단으로 인도되었고, 거기서 신비한 음료를 마셨으며, 그림이 걸린 긴 화랑을 지나갔다. 그리고 머릿속이 윙윙거리는 것을 느끼며 금빛 커튼으로 된 문 앞에 이르렀다.

난쟁이도 혼자서 신전으로 들어갔다. 동굴의 중앙에는 작은 의자가 있었고, 거기에는 그가 예상했던 거인 대신 난쟁이의 허리 정도밖에 안 되는 더 작은 난쟁이가 앉아 있었다. 그 조그만 남자는 늙어서 머리가 하얗게 새었으며, 길고 흰 턱수염에 얼굴은 말린 사과마냥 쭈글쭈글했다.

난쟁이는 그토록 완벽하게 작을 수 있다는 사실에 대해 감탄하며 무릎을 꿇고 경의를 표했다. 그러자 이 조그만 할아버지가 자리에서 일어나 난쟁이에게 다가오더니 오각형의 별이 새겨진 황금 메달을 건네주었다. 그리고는 피리 소리처럼 가녀린 목소리로 이렇게 말했다.

"사람들은 모두 자기의 별을 따라야 해. 모든 별들은 지상으로 지는 법이지. 시작이 있으면 끝도 있는 거야. 현명해지거라. 이것이 내가 너에게 내리는 신탁이다."

그는 말을 마치고 눈을 감더니 그의 작은 손바닥으로 얼굴을 가렸다.

이렇게 해서 신탁이 끝났고, 난쟁이는 커튼으로 된 문을 나왔다. 안내인이 환한 바깥 세상으로 그를 인도했다. 난쟁이는 그 뜻을 정확히 알 수는 없었지만 무언가 심오한 의미가 담긴 신탁을 받았다고 확신했다.

순례자들에게 돌아온 난쟁이 역시 감격에 차서 평생 동안 절대로 잊지 못할 경이로운 경험을 했다고 전했다. 그러면서 그 신은 거인이 아니라 자기보다 훨씬 더 작은 난쟁이였다고 자랑스레 말했다.

다음날 아침에는 왕자가 신전에 들어갔다. 그는 일행들에게 거창하게 인사를 하고는 안내인을 따라 동굴 속으로 사라졌다. 그도 역시 황금 제단이 있는 곳에서 이상한 음료를 마셨고, 그림이 걸려 있는 화랑을 지났다. 왕자는 따끔따끔한 통증과 머리가 띵해오는 것을 느끼며 금빛 커튼이 드리워진 문을 통해 신전으로 들어갔다.

그곳에서 왕자가 본 신은 거인도 난쟁이도 아닌, 보통 키에 보석으로 장식된 휘황찬란한 옷을 입고 황금관을 쓰고 있는 왕이었다. 왕은 다이아몬드가 박힌 지팡이를 들고 거대한 왕좌에 앉아 있었다. 왕자는 감히 눈을 들어 그를 바라보지 못하고 낮게 엎드려 절을 했다. 그러자 왕은 기품 있는 몸짓으로 다가오더니 그에게 오각형의 별이 새겨진 황금 메달을 건네주며 부드러운 목소리로 말했다.

"사람들은 모두 자신의 별을 따라야 하지. 그리고 모든 별들은 지상으로 떨어지게 마련이야. 시작이 있기에 끝도 있는 것이다. 현명해지거라. 이것이 내가 너에게 내리는 신탁이다."

말을 마친 왕은 일어서서 팔짱을 낌으로써 신탁이 끝났음을 알렸다.

조심스럽게 신전을 나온 왕자는 안내인을 따라 동굴 밖으로 나왔다. 왕자는 그 신성한 왕이 깨달음에 이르게 하는 중요한 열쇠를 준 거라고 확신했다. 그러나 왕자는 그 신비한 뜻을 간파할 수가 없었고, 생각하면 할수록 그 뜻은 더욱 모호해졌다.

밖으로 나온 왕자는 자신이 세상 이치를 깨닫게 하는 비밀을 가졌다고 말했다. 그러면서 그 신은 거인도 난쟁이도 아닌, 자기보다 훨씬 더 훌륭했지만 자기처럼 고귀한 사람으로, 이 세상의 왕이었다고 전했다.

이제 마법사 여인의 차례였다. 그녀는 동료들을 사원 뜰에 남겨둔 채 안내인을 따라 어두컴컴한 동굴 속으로 들어갔다. 그녀가 황금 제단에 이르자 하얀 옷을 입은 아가씨가 그녀의 눈을 보더니 우아하게 고개를 숙이고 인사했다.

"잘 오셨습니다, 자매님. 축복이 임하시길……."

"축복 받으시길……."

유리컵을 손에 쥔 채 마법사도 인사를 건넸다.

와인을 마신 그녀는 안내인을 따라 그림이 걸려 있는 화랑을 지나면서 그림들을 감상했다. 그녀는 그 그림 속의 상징들을 알고 있기에 미소를 지었다. 그녀는 벽면에 이상스럽게 서 있던 조각상들에게 말을 걸었고, 그들의 대답도 들었다.

금빛 커튼을 지나 신전에 들어간 그녀는 잠시 동안 그 자리에 멈춰 섰다. 그리고 자기 앞에 한 여인이 있는 것을 보며 가만히 미소를 지었다. 그것은 거울에 비친 자신의 모습이었다.

거울 양 옆에는 두 명의 여인이 서 있었다. 왼쪽은 어린 아가씨였고 오른쪽은 머리가 온통 하얀 할머니였다. 그녀를 보자 어린 아가씨는 오른손을, 할머니는 왼손을 뻗었다. 그들의 손을 잡은 마법사 여인은 그들과 삼각형을 만들어 거울 앞에 섰다.

"결국 신탁은 자신의 마음속에서 나오는 것이군요."

마법사 여인이 말했다. 그러자 양쪽의 여인들이 고개를 끄덕였다.

"땅속 깊은 곳에서 비로소 우린 우리의 존재가 어디서 시작되었는지를 알게 된답니다."

어린 아가씨가 말했다.

"땅속 깊은 곳에서 비로소 우린 우리가 어디서 끝날지를 알지."

이번에는 할머니가 말했다.

"이해하겠어요. 우리를 인도하는 별은 우리 마음속에 있는 영혼을 말하는 것이군요."

마법사 여인이 말했다.

그녀는 할머니에게서 오각형의 별이 새겨진 은메달을 받았다. 그런 뒤 두 여인에게 입맞춤을 하고는 그들을 방에 남겨둔 채 안내인을 따라 바깥으로 나왔다.

그 날 저녁 마법사 여인은 여인숙에서 세 명의 남자 순례자와 마주앉았다. 남자들이 신전에 대해 끊임없이 떠벌렸던 것과는 달리 그녀는 아무 말도 하지 않았다.

"신탁은 무엇이었죠? 당신은 무얼 보았습니까?"

왕자가 물었다.

"일상에서 볼 수 없는 특별한 것은 아니었어요."

마법사가 대답했다.

"이미 알고 있는 진실 말고는 새로 깨달은 게 없어요. 내 몸에 흐르는 피와 내가 걸친 옷, 내 발을 딛고 있는 땅 같은 것 외에 다른 것은 없었죠."

"그저 물리적 차원의 이야기로군."

거인이 비웃으며 말했다.

"당신은 직관력이 부족한 평범한 여자에 불과하니까."

난장이가 말했다.

"신성함이라든가 경외심, 혹은 심오한 뜻 같은 것들을 전혀 느끼지 못했단 말인가요?"

"지극히 서민적이군."

왕자가 코방귀를 뀌며 말했다.

"당신은 교양이나 세련된 취향 같은 것을 가질 기회가 없었던 게지요."

그러자 마법사 여인이 남자들을 둘러보고는 빙그레 웃었다.

"당신들은 지극히 남성적이군요."

그녀가 말했다.

"당신들은 여기서 겪은 일들이 당신들의 미래에 조금이라도 영향을 미칠 거라고 생각하나요?"

"당연하지 않소?"

거인이 대답했다.

"물론 그렇고말고요."

난쟁이가 맞장구를 쳤다.

"의심할 여지가 없지요."

왕자도 동의를 하고 나섰다. 남자들은 모두 한결같이 의기양양했다.

네 순례자는 각자 자신의 길을 향해 떠났다. 그러나 그들은 얼마 지나지 않아 신탁에서 받은 말이나 그때의 감격이 자신들이 살아가는 데 전혀 도움이 되지 않는다는 것을 깨달았다. 달라진 것은 아무것도 없었다. 그들은 구석에 처박아둔 황금 메달을 까마득히 잊어버렸고, 예전과 똑같은 생활을 하면서 그저 가끔씩 자신들은 자신의 별을 따르고 있다고 말했다.

그러나 마법사 여인은 오래도록 그 일에 대해 깊이 생각했다. 그녀는 메달에 새겨진 오각형의 별이 인간의 몸을 상징한다는 것을 깨달았으며 그 의미에 관해 깊이 생각했다. 그 결과 그녀는 자신의 존재에 대해 더 깊이 성찰하게 되었고, 다른 사람들을 더 깊이 이해하게 되었다. 세월이 지나 훌륭한 마녀가 된 그녀는 사람들의 아픈 몸과 마음을 어루만져주었고, 이런 그녀에게 조언을 구하러 찾아오는 사람들의 발길이 끊이지 않았다.

바다 마녀를 사랑한 남자

바다 요정이나 바다 마녀에 관한 재미있는 이야기들은 어느 시대에나 있었다.

미의 여신이자 사랑의 여신인 아프로디테는 바다의 거품에서 태어났다고 전해지며,

아프로디테의 탄생을 그린 그림에서 이 여신은 조개껍데기를 타고 파도에 실려오고 있다.

고대로부터 뱃사람들이 즐겨 옮기던 신비한 전설은 바다 요정이나 물고기 여신과의 사랑 이야기였다.

테미스나 유리노메같이 모든 것을 감싸안는 바다의 자궁 같은 여신도 있었고,

로마 신화에 등장하는 바다의 여신 마터 카라(마더 케리)도 있었으며,

바빌로니아의 암룡인 티아마트처럼 모든 생명이 생겨난 최초의 물을 상징하는 여신도 있었다.

뱃사람들은 바다에 빠져 죽는 것은, 심연의 천사인 영원불멸한 바다 요정의 품속에

안기는 것이라고 낭만적으로 말하기도 했다.

인간에게 적대적 환경인 바다에서 인생의 대부분을 보내야 하는 뱃사람들은

바다의 위협적인 힘을 의인화하고, 심지어는 남녀를 구별짓기 위해 동화 같은 이야기를 꾸며온 것이다.

옛날 아주 오랜 옛날, 어느 바닷가의 다 쓰러져가는 오두막에 데비 존스라는 청년이 혼자 살고 있었다. 존스라는 성은 부모의 버림을 받고 거리에 버려진 그를 거둬들인 고아원에서 붙여준 것이었다.

어촌의 일거리는 특별히 강인한 체력을 요구해서 그의 야윈 팔과 절룩거리는 다리로는 먹고살 만한 일이 그리 많지 않았다. 뱃사람이 되어 멀리 바다로 나가기도 어려웠고 부두에서 들어오는 배의 물건을 하역하는 일도 그로서는 힘겨운 일이었다. 대신 그는 조개껍데기를 갈고 닦아 장신구를 만들어 팔거나 얕은 물가에서 조개나 게 따위를 잡아 그 지방 여관 주인에게 파는 일로 근근이 생계를 유지했다.

그는 외롭고 쓸쓸할 때면 마을까지 걸어나가 여관에 투숙하고 있는 무리들과 어울리곤 했다. 어부들은 선심을 베푸는 양 그를 받아들여 탁자에 함께 앉도록 해주었다.

거기에는 틈만 나면 사내들과 시시덕거리며 어울리는 여관 주인의 딸 비어셰바가 있었는데, 그녀조차 데비와는 상대하지 않았다. 그런데도 사람들은 비어셰바가 데비를 유혹한다며 놀려대곤 했다. 어부들이 장난으로 그녀와 절름발이 데비를 짝지우면 그녀는 콧잔등을 찡그리며 말하곤 했다.

"아무렴 제가 저 정도 남자 차지밖엔 안 된다는 거예요? 저런 보잘것없는 인간은 나에게 아무 소용없다구요!"

그리고 데비에게는 말 한마디 건네는 법 없이 쌀쌀맞게 지나쳐 가곤 했다. 마음씨 고운 데비는 언제나 그 놀림들을 꾹 참았다.

그녀뿐만이 아니었다. 마을에서 그에게 관심을 보이는 처녀는 한 명도 없었다. 때로 그는 자신의 몸이 온전하고 강해서 처녀들의 관심을 끌어보았으면 하고 바랄 때도 있었다. 하지만 부질없는 꿈이이었다. 그는 자기처럼 절름발이 신세는 외롭게 늙어가거나 미친 은둔자가 되어 바람과 이야기하고, 바다 소리에 귀 기울이는 일밖에 없을 것이라고 생각했다.

세찬 폭풍우가 몰아치고 성난 파도가 육지를 통째로 삼켜버릴 기세로 밀어닥치는 날이었다. 이런 날에는 물고기와 조개들이 더 많이 해변으로 밀려온다는 것을 알고 있는 데비는 궂은 날씨에도 불구하고 바닷가로 나갔다. 다리를 절룩거리면서 떠밀려온 물고기며 조개, 해초 따위를 자루에 담으며 해변을 따라가던 그는 사람 크기만한 커다란 물체가 모래밭에 있는 것을 보았다. 가까이 다가가서 보니 그것은 돌고래였다. 뜻하지 않은 재난을 당한 돌고래는 자신이 살던 깊은 바다로 되돌아가려는 듯 몸부림을 치고 있었다.

데비는 돌고래를 무척 좋아했다. 부서지는 파도 사이로 떼지어 다니며 때로는 위로 솟았다가 다시 파도 뒤로 숨는 돌고래들을 볼 때마다 그들의 자유로움과 날렵함을 부러워했다. 그는 바다의 왕자처럼 보였던 돌고래가 뭍에서는 아무런 힘도 못 쓰는 것을 보니 마음이 아팠다.

그는 멀리서 들려오던 돌고래 떼의 노래 소리를 상상하며 부드럽게 휘파람을 불었다. 그러자 돌고래가 움직임을 멈추었다. 그가 팔을 뻗어 머리를 어루만지자 그 겁 많은 동물은 약간 안심하는 것 같았다.

"걱정하지 마, 내가 도와줄게."

데비의 말을 알아들었는지 돌고래는 가만히 있었다. 그는 자루에서 밧줄을 꺼내 돌고래의 몸이 다치지 않도록 조심하면서 묶은 다음, 바닷물이 있는 데까지 끌고 갔다. 바다에 이르자 돌고래가 생기를 되찾은 듯 코를 높이 쳐들어 감사의 표시를 했고, 이에 답하여 데비가 다시 휘파람 소리를 냈다.

그는 돌고래를 더 깊은 물까지 끌고 간 다음 밧줄을 풀고는 손으로 돌고래의 방향을 잡아주었다. 몸의 균형을 잡은 돌고래가 헤엄치기 시작했다. 다시 한 번 고맙다는 표시라도 하듯 파도 위로 솟구쳐올랐고, 데비의 주위를 몇 바퀴 빙빙 돌다가 깊은 바다 속으로 사라졌다. 잠깐 동안이었지만 친구가 된 듯한 기분을 맛보았던 데비는 약간 슬픈 마음으로 돌고래가 사라진 바다를 오래도록 바라보았다.

다음날 해질 무렵, 해변을 거닐던 데비는 돌고래 한 마리가 바다 가까이에서 장난치고 있는 것을 발견했다.

"어제 그 돌고래일까? 다시 뭍으로 올라올 셈인가?"

그는 혼자 중얼거리며 걸음을 멈추고 돌고래의 행동을 지켜보았다. 돌고래는 어둠이 짙어져 시야가 흐릿해질 때까지 같은 자리에서 맴돌며 계속 장난을 치고 있었다.

데비가 돌아가려고 몸을 돌리자 뒤쪽에서 휘파람 소리가 들렸다. 데비가 뒤를 돌아보았을 때 놀랍게도 나신의 아름다운 여인이 파도를 타고 그를 향해 걸어오고 있었다.

희고 매끄러운 몸매에 긴 청회색 머리카락이 흘러내려 가슴을 가려주고 있었다. 너무 놀란 데비는 꼼짝도 못하고 그 자리에 못 박힌 듯 서 있었다. 그녀가 다가와 데비의 손을 잡았다. 그녀의 손은 돌고래의 살갗처럼 부드럽고 촉촉했다.

"나는 바다 마녀예요. 우리 이야기를 들어본 적이 없나요? 얼마 동안은 낮에는 바다동물로, 밤에는 인간으로 살 수 있답니다. 어제 제 목숨을 구해주셔서 고맙다는 인사를 하러 왔어요."

데비는 몹시 당황했다. 그녀의 벗은 몸이 어찌나 아름다운지 그의 눈길을 사로잡고 경탄하게 만들면서도, 당혹스러움 때문에 어찌할 바를 몰랐다. 우선 여인의 몸을 가려주어야겠다는 생각에 외투를 벗어 그녀의 어깨에 걸쳐주었다.

그녀는 데비가 하는 대로 내버려두고는 그의 팔을 잡았다.

"이제 가요."

그녀가 말했다.

"가다니, 어디로 말입니까?"

"물론 당신 집이지요."

그날 밤 그녀는 데비에게 사랑하는 법을 가르쳐주었고 많은 애기를 들려주었다. 데비로서는 처음으로 맛보는 행복이었다.

새벽이 오자 마녀는 다음 날 다시 오겠다고 약속하고 떠났다. 오두막을 나간 그녀는 해변을 가로질러 바다 속으로 들어가더니 이내 파도 속으로 사라졌다. 데비의 가슴은 여전히 두근거렸다. 잠시 후 돌고래 한 마리가 수면 위로 뛰어오르는 것이 보였다. 그 날 데비의 마음속은 온통 그녀 생각뿐이었다.

밤이 되자 바다 마녀는 약속대로 다시 그를 찾아왔고, 그들은 사랑을 나누고 정답게 속삭이며 시간을 보냈다. 데비는 자신이 지금 누리는 엄청난 행운을 도무지 믿을 수가 없었다. 사랑에 빠진 그는 자신을 세상에서 가장 행복한 남자라고 생각했다.

바다 마녀는 달의 일주기 동안은 매일 밤 그를 찾아올 수 있지만 그 후에는 다른 돌고래들과 함께 먼바다로 이동해야 한다고 말했다. 달의 주기가 끝나갈 무렵 그녀는 데비에게 바다 속의 세계에 대해 많은 이야기를 들려주었다. 해저 동굴의 신비와 침몰한 배 안에 숨겨진 보물들, 고래와 돌고래 세계의 풍습 등에 관한 것이었다.

"우리는 인간을 퇴화한 돌고래라고 믿고 있어요."

그녀가 말했다.

"우리는 인간들이 수만 년 전에 바다를 떠나 헤엄치는 근육을 사용할 수 없게 되자 단지 두 다리로 '뚜벅뚜벅' 걷거나 송아지보다도 둔하게 헤엄을 치는 게 고작이라고 생각하죠. 아주 나쁜 짓을 일삼는 인간들도 있는데, 이는 바다의 어머니들이 가르친 올바른 행동 규범을 잊어버렸기 때문이라고 돌고래들은 말한답니다."

"모두 그런 것은 아니오. 개중엔 친절한 사람도 있다오."

"그럼요, 당신처럼 말이에요. 그런데 당신은 다른 인간들보다 더 어색하게 움직이는 것 같아요. 왜 그렇죠?"

"나는 절름발이라오."

"왜 그렇게 됐어요? 상어에게 물렸나요?"

"아니, 태어날 때부터 그렇다오. 나는 쉽게 움직이는 게 어떤 건지 잘 모른다오. 그래서 돌고래들을 바라보는 걸 좋아하지요. 돌고래의 몸은 아주 우아하고 날렵하거든요."

"돌고래같이 헤엄치고 싶으세요?"

"그야 당연하죠."

"그렇다면 헤어지기 전에 마법을 하나 가르쳐드릴게요. 하지만 그건 아주 고통이 따르는 일이랍니다."

"돌고래처럼 살 수 있고 당신과 함께 있을 수만 있다면 무엇이든 하겠소!"

바다 마녀는 슬픈 표정이 되어 그의 뺨을 쓰다듬으며 숨을 깊이 들이마셨다.

"첫째, 삼 주일 동안은 물고기만 먹어야 돼요. 둘째는 매일 일 마일씩 헤엄치는 연습을 해야 하고, 셋째는 손을 절대 사용하지 말아야 해요. 그리고 나서 삼 주째가 되는 날 해질 무렵 태양이 수평선에 닿는 순간 누군가가 당신 양팔을 자른 다음 당신을 바다 속에 밀어넣어야 돼요."

"피를 너무 많이 흘려 죽지는 않을까요?"

"마술이 제대로 걸린다면 그런 일은 없어요."

"그러면 당신처럼 살 수 있나요? 당신과 함께 말이오."

"영원히 살 수 있어요, 내 사랑."

"그럼 하겠소."

데비가 단호하게 말했다.

"얼마나 고통스러운지는 상관치 않겠소. 당신 없는 삶이 더 고통스러울 테니까."

"누군가가 당신을 도와주어야만 돼요. 도끼를 가진 힘센 사람이."

"내가 찾아보겠소."

날이 밝자 바다 마녀는 그에게 부드럽게 키스를 하고 떠났다.

"저 또한 우리 둘이 바다 속에서 함께 살 수 있기를 간절히 바라고 있답니다. 푸른 바다 속에서 사랑하는 것이 얼마나 좋은지 당신은 모를 거예요. 자, 이제 헤어져야 할 시간이에요. 마법이 제대로 성공해서 다시 만나길 바랄게요."

데비는 무슨 일이 있더라도 그 마법을 실행하겠다고 결심하고 자기를 도와줄 사람을 찾기 위해 여관으로 갔다.

"그 동안 어디 있었나, 데비?"

그를 본 어부들이 놀란 얼굴로 물었다.

"한동안 보이지 않기에 우린 자네가 오두막과 함께 폭풍우에 휩쓸려간 줄 알았지."

데비는 바다 마녀와 있었던 그간의 일들을 빠짐없이 털어놓았다. 그리고 마법을 도와줄 사람이 누구 없는지 물었다. 어부들은 서로의 얼굴만 쳐다보았다. 한참 후 가장 나이 많은 어부가 천천히 머리를 흔들며 데비가 오랫동안 혼자이다 보니 드디어 제정신이 아닌 모양이라고 말했다. 데비는 정색을 하고 마법에 대해 재차 설명을 하고는 도움을 간청했다. 하지만 그의 이야기를 백 번 믿는다 해도 그 일만은 끔찍하게 여겨져서 아무도 나서지 않았다.

"그러니까 우리들 중 누군가가 자네를 죽여달라는 말이군."

나이 많은 어부가 말했다.

"그렇게 될 게 뻔하지 않는가? 살인 말일세. 자네는 바다 속에서 피를 흘려 죽거나 아니면 피 냄새를 맡은 상어가 먼저 자네를 끝내줄 걸세. 자네는 완전히 미쳤어. 알겠나. 자네가 설사 끔찍한 방법으로 죽길 원한다 해도 그런 일에 나설 사람은 없을 걸세."

그러자 옆에서 한 마디도 빠짐없이 듣고 있던 비어셰바가 큰소리로 말했다.

"사랑을 위해 죽는다? 아, 얼마나 달콤한 말인가요. 바다 마녀가 누구인지는 모르겠지만, 자기 목숨을 버릴 정도로 사랑한다면 그건 진짜 사랑이지요."

"이 어리석은 처녀야. 아직도 모르겠니?"

나이 많은 어부가 한심하다는 표정을 지으며 말했다.

"그 마녀는 이 녀석이 상상해낸 거야."

"그렇지 않아요!"

데비가 흥분해서 소리쳤다.

"그녀는 당신들처럼 생생하게 살아 있고, 내가 본 어떤 여자보다 아름다워요. 마법이 실패해서 죽는다고 해도 상관없어요. 그녀 없이 사느니 차라리 죽는 게 더 나으니까요."

"보세요, 이 사람은 사랑 때문에 죽고 싶어하잖아요."

비어셰바가 말했다.

"멋진 일이에요. 얼마나 낭만적이에요?"

그녀는 꿈을 꾸듯 한숨을 쉬었다.

"바보 같으니라구."

나이 많은 어부가 비어셰바의 말을 가로막았다.

"여기서 살인자를 구할 수는 없을걸. 우리는 물고기를 죽이는 게 고작이야."

"내가 하겠어요."

비어셰바가 결심하듯 말했다.

"당신의 어디서 그만한 힘이 나오겠어?"

비어셰바를 돌아보며 데비가 미덥지 않다는 듯 말했다.

"힘은 충분해요. 매일 맥주통을 들어올리고 커다란 물고기 머리를 찍어서 잘라내잖아요. 게다가 내 손도끼는 날카롭고 강해요."

"진정이오?"

데비가 물었다.

"당신을 믿어도 되겠소?"

"되구말구요."

어부들은 자기들 앞에서 맺어진 이 불길한 약속을 보고 불안한 마음에 안절부절못했다. 그들의 술자리는 평소보다 덜 시끌벅적했고 농담을 지껄이는 자도 없이 일찍 파장했다.

그 후 데비는 바다 마녀가 시킨 대로 매일 물고기만 먹고 수영에 몰두했다. 그 동안 사람들은 매일같이 비어셰바를 찾아가 그와의 약속을 취소하라고 설득했다. 그러나 그녀는 누구에게나 이렇게 말했다.

"아뇨. 나는 이미 약속했고, 그것을 깨뜨릴 수 없어요. 내가 보기엔 당신들보다도 절름발이 데비가 훨씬 남자다운 것 같아요."

운명의 날이 되자 선창이 바로 내려다보이는 언덕으로 어부들이 모여들었다. 그들은 선창에서 벌어질 일들이 궁금하면서도 한편으로는 보고 싶지 않기도 했다. 그래서 그들은 먼발치에서 보기로 서로 의견을 모았다. 그들은 비어셰바가 양동이와 손도끼를 들고 데비와 함께 선창 끝으로 걸어가는 것을 보았다.

선착장 끝에 이른 데비는 바닥에 드러누워 두 팔을 양쪽으로 뻗었다.

"정말 소름끼치는 일이야."

나이 많은 어부가 말했다.

"이렇게 보고만 있을 게 아니라 당장 그만두라고 막아야 하지 않을까."

하지만 누구 하나 직접 나서는 사람은 없었다.

"저길 봐."

젊은 어부가 바다를 가리키며 말했다.

"돌고래 한 마리가 있어. 이상하군. 저건 드문 일인데."

젊은 어부가 가리키는 쪽을 보니 돌고래 한 마리가 해변을 향해 헤엄쳐 오고 있었다. 그러는 사이에 해가 수평선에 닿았다. 그와

동시에 비어셰바의 도끼가 하늘을 향해 올라가더니 순식간에 내려왔다. 선창 바닥의 판자가 금세 붉게 물들었다. 그리고 몇 초 후 똑같은 행동을 한 번 더 되풀이한 비어셰바는 데비의 몸을 바다로 밀어냈다.

일순 모든 것이 얼어붙은 듯 조용했다. 바다는 아무 일 없다는 듯 잔잔했다. 잠시 후 눈 위에 손을 얹고 멀리 바다를 바라보던 나이 많은 어부가 나직하게 속삭였다.

"이제 돌고래가 두 마리일세."

모든 어부들의 시선이 일제히 돌고래에게로 쏠렸다. 조금 전까지 한 마리만 있던 곳에서 이제 두 마리의 돌고래가 서로의 주위를 맴돌며 기쁜 듯 뛰놀고 있었다.

그 후 그 일을 입 밖에 내는 사람은 아무도 없었다. 어부들은 한 번도 데비를 보지 못했고, 주인을 잃은 데비의 오두막도 그 겨울 폭풍우로 무너져버렸다. 그 지방에 전해지는 전설에는 데비가 바다 마녀에게 이끌려 갔다는 이야기도 있고, 그가 바다에서 오래오래 행복하게 살았다는 이야기도 있다.

무엇이 진짜인지는 모를 일이지만 어부들은 배가 침몰해 사람이 죽으면 그가 데비 존스를 만나러 갔다고 말하곤 했다.

가마솥의 전설을 찾아 떠난 기사

'가마솥'은 켈트족의 전설에 나오는 것으로, 뒤에 '성배'의 배경이 된다.
중세의 기사들이 찾아다녔다는 이 성배(그리스도 최후의 만찬에 사용되었다는 술잔)에 관한
전설은 사실 이교도들의 종교의식의 표상이나 도구의 기독교적 변형이라고 할 수 있다.
'탄생과 재생'을 의미하는 이 '거룩한 가마솥'은 신들도 탐을 냈고 아서 왕도 욕심을 냈던 것으로
전해지고 있다. 중세 기독교 시대 이후 거룩한 물건에 대한 추구와 원정은 곧 기사들이
성배를 찾아 떠나는 행위로 나타났던 것이다.
이렇게 성배의 전설은 비록 기독교의 가부장적 관점에서 씌어지긴 했지만 그 전설에서도 성배는
여성들의 사원에 간직되어 있으며, 여성에게 우호적인 기사들에게만 나타난다. 신화학자 조셉 캠벨의
지적에 따르면, 전설 속의 잃어버린 성배는 이교도 조상들이 잃어버린 종교를 뜻한다.
이 이야기에 등장하는 바이버 경은 중세의 갤러허드 경이나 랜설럿 경 같은 기사들과는 달리
지상 중심 종교의 상징적 존재이다. 그는 여기에서 가마솥의 본질 자체, 즉 이상을 추구하고 있다.
따라서 새로 꾸민 바이버 경의 이야기는 가마솥에서 성배로 바뀐 이야기들을 다시 바꾸어
세계를 창조한 '자궁'이라는 고대 개념으로 돌아간다.

■■■ 아주 오랜 옛날, 바이버라는 젊은 기사 수련생이 있었다. 그는 왕의 기사 렌더 경 밑에서 수련기를 보냈다. 렌더 경은 성격이 포악하고 술주정뱅이인 데다 수시로 사창가를 드나들었으며, 노름, 마상 시합 같은 것들을 좋아했다. 그의 하루 일과는 포도주를 마시는 것으로 시작되었고, 해가 떨어지기도 전에 만취한 상태에서 다른 기사들에게 싸움을 걸기 일쑤였다.

그는 아녀자들을 희롱하고, 하녀들에게 치근덕거렸다. 힘없는 농노들에게 폭언을 서슴지 않았으며 심지어 자기 앞에 개가 얼씬거린다고 발로 걷어찼다. 잔뜩 취해 창도 똑바로 잡지 못하고 비틀거리는 몸으로 무술대회장에 나타난 적도 허다했다. 이렇듯 렌더 경은 결코 훌륭한 기사가 아니었지만 젊은 바이버는 그를 스승으로 충실히 모시려고 최선을 다했다.

바이버는 생각이 깊고 양심적인 청년이었다. 다른 젊은 수련생들과는 달리 그는 독서를 좋아했다. 렌더 경이 몇 시간씩이나 세상모르고 낮잠을 자는 동안 그는 다른 수련생들처럼 주사위나 육척봉을 갖고 노는 대신 책과 더불어 지혜의 세계에 빠져들었다.

바이버는 철학적 토론에 몰두하길 좋아했으며, 연륜 있는 스승으로부터 삶의 지혜를 배우고 싶어했다. 그럴 때면 렌더 경은 바이버의 등짝을 세게 후려치며 생각이 너무 많으면 사내 구실을 제대로 못할 거라고 큰소리로 떠들곤 했다. 렌더 경은 평소에도 말할 때 거의 고함치듯이 했다.

바이버는 할머니들과 시녀들이 화롯가에 둘러앉아 옛날이야기를 하거나, 빨래통이나 베틀을 앞에 놓고 노래하고 궁궐 이야기를 속닥거리는 소리에 귀 기울였다.

바이버가 '거룩한 가마솥'에 대해 알게 된 것도 그들을 통해서였다. '거룩한 가마솥'은 너무도 성스럽고 신비해서 일반 백성들이 함부로 입에 담지 못하는 이야기였다.

그들이 몰래 수군대는 바에 따르면, '거룩한 가마솥'은 삶과 죽음의 진정한 근원이며 그것을 쳐다보기만 해도 신의 경지에 이른다고 했다. 하지만 '거룩한 가마솥'은 멀리 요정의 성에 숨겨져 있어 지금까지 그곳에 가본 사람은 딱 한 명뿐이라고 했다. 그 사람이 바로 유명한 밸런스 경으로, 이 위대한 전사는 '거룩한 가마솥'을 찾아나선 뒤 영영 돌아오지 않았고 그 후 어디서도 그를 보았다는 사람이 없었다.

바이버는 정식 기사가 되면 반드시 '거룩한 가마솥'이 있는 성을 찾아 떠나겠다고 결심했다. 그는 궁정에서 가장 나이가 많은 귀부인에게 그 성에 대해서 물어보았다. 늙은 부인은 북쪽에 사는 마녀만이 성으로 가는 길을 알고 있으며, 그 마녀는 위대한 여사제였으나 지금은 은퇴해서 숲 속의 자기 집에 은거하고 있다고 알려주었다. 바이버는 이 말을 마음속 깊이 새겨두었다.

한편 언제나 술독에 빠져 사는 렌더 경은 급기야 소화불량, 황달, 알코올 중독에 시달리다 병세가 악화되어 이웃나라로 원정을 떠나는 왕을 수행할 수 없을 정도가 되었다. 다른 기사들이 황금과

미녀와 영광을 좇아 용맹스럽게 진군하는 동안 그는 침상에 누운 채 끊임없이 구토를 하면서도 술독에 빠져 지냈다.

주인과 함께 남은 바이버는 토악질을 해대는 주인을 위해 온갖 시중을 다 들어야 했지만 마음속으로는 자신이 이룩하게 될 영광의 미래를 그려보곤 했다. 그는 자신이 선택한 '원정'이야말로 진정 고결하고 위대하다고 생각했고, 그 원정은 분명 다른 어떤 기사들보다 더 큰 영광을 가져다주리라고 확신했다.

방탕한 삶을 살던 렌더 경은 결국 죽음을 맞이했다. 그의 마지막 모습은 한 손에는 반쯤 비운 포도주병을 들고 다른 한 손으로는 하녀의 코르셋을 쥐고 있는 모습이었다. 왕은 젊은 바이버에게 기사 작위를 수여해 공석이 된 렌더 경의 자리를 대신하도록 했다.

기사가 된 바이버는 왕으로부터 첫 번째 '원정'에 나서라는 임무를 받았다. 그것은 새로운 기사에게 당연히 부여되는 임무이기도 했지만 가능한 한 빨리 죽은 주인에 대한 슬픔을 치유하라는 왕의 배려였다. 사실 바이버는 렌더 경의 임종을 지켜보기는 했지만 슬프지는 않았다. 하지만 그는 왕에게 정중하게 절을 하며 진심으로 충성을 맹세했다.

"자네는 무엇을 위해 원정에 나설 텐가?"

왕이 물었다.

"저는 '거룩한 가마솥'의 성을 찾아나설 생각입니다."

그러자 기사들 무리에서 키득거리는 소리가 나더니 이윽고 참을 수 없다는 듯 한바탕 폭소가 터져나왔다.

"바이버 경, 그 원정은 분명 헛수고로 끝날 텐데."
왕이 근엄한 목소리로 말했다.
"그 성은 단지 전설에 불과해. 옛날부터 전해오긴 하지만 거기가 어딘지 아무도 모르지 않는가."
"알고 있는 사람이 있습니다. 북쪽에 사는 마녀가 저에게 알려줄 것입니다."
그의 말을 들은 기사들이 또 한바탕 웃어댔다.
"그대는 어리석군. 하지만 정식으로 기사가 되었으니 아무리 애송이 기사라 해도 자신의 길을 선택할 권리가 있다. 그대는 기사로서 마땅히 자신이 상상하고 추구하는 것을 위해 떠나라. 그대가 가는 길을 짐이 축복해주겠소. 그리고 수습기간이 끝나는 열두 달 후에는 더 지혜로운 기사가 되어 돌아오시오."
상쾌한 봄날 아침 바이버 경은 먼 길을 떠났다. 세상이 온통 자기 것만 같았다. 새들이 그를 위해 노래 부르고, 풀잎들도 그를 향해 몸을 일으켜 흔들어대는 것 같았다. 차갑던 금속 갑옷도 내리쬐는 햇볕을 받아 온기를 전해주었다. 하지만 차츰 시간이 지날수록 갑옷 안이 너무 뜨거워져서 그는 땀을 뻘뻘 흘렸다. 그러나 그 정도의 불편함이 젊은 기사의 기개를 꺾을 수는 없었다.
북쪽 나라 마녀가 살고 있다는 숲에 들어서자 방금 전의 더위는 싹 가시고 온몸이 오싹할 정도의 한기가 느껴졌다. 숲은 깊고 컴컴했으며 기분 나쁠 정도로 축축했다. 커다란 나무들의 뿌리는 사방으로 뻗어 있어서 바이버 경의 말이 나무뿌리에 걸려 넘어지고 말

가마솥의 전설을 찾아 떠난 기사

았다. 그때 숲 속의 나뭇가지 사이로 바람소리가 들려왔는데 그의 귀에는 뭐라고 말하는 것처럼 들렸다. 매 한 마리가 소름끼치는 소리를 내며 그의 머리 위로 휙 날아갔고, 동시에 시커멓고 희미한 짐승의 그림자 같은 것이 그의 앞으로 재빨리 지나갔다. 게다가 황옥 같은 눈을 하고 나뭇가지에 휘감겨 매달린 뱀을 보았을 때 그는 깜짝 놀라지 않을 수 없었다.

황량한 골짜기에 있는 마녀의 집에 가까스로 도착했을 때 그의 모습은 지치고 기가 꺾여 있어 처음 길을 나설 때의 열정을 찾아보기 힘들었다. 그는 칼의 손잡이 부분으로 문을 두드렸다. 인기척도 없는데 문이 스르르 열렸다. 그는 너무 긴장한 나머지 온몸이 굳어 버리는 느낌이었다.

"그래 들어올 겐가, 아니면 겁쟁이처럼 계속 거기 서 있을 겐가?"

안쪽에서 소리가 들려왔다.

바이버는 안으로 들어가 선 채로 주위를 조심스럽게 둘러보았다. 돌로 된 어둡고 텅 빈 방 안에는 호롱불 하나가 타오르고 있었다.

"무슨 일로 여기까지 왔지?"

여전히 형체를 드러내지 않는 누군가가 물었다.

"나는 북쪽 나라에 사는 마녀에게 '거룩한 가마솥'이 있는 성으로 가는 길을 물어보기 위해 왔습니다."

그 말을 들은 보이지 않는 형체가 소리내어 웃었다.

"꼬마야, 어디 다른 데로 가보거라. 좀 다른 꿈을 꿔보는 게 좋을 것 같구나."

"난 정식 기사로서 이미 내 명예를 걸고 맹세했소."

바이버 경이 단호하게 말했다.

"이것은 나의 첫 번째 원정이오. 북쪽 나라에 산다는 마녀를 직접 만나보기 전에는 이곳에서 한 발짝도 움직이지 않을 거요."

"그렇다면 좋다. 그녀를 만나게 해주겠다!"

대답이 끝나자 벽인 줄만 알았던 곳에서 갑자기 문이 열리면서 갈래갈래 헤진 누더기 옷을 펄럭이며 뾰족모자 밑으로 긴 곱슬머리를 발목까지 늘어뜨린 여자가 나타났다. 그녀의 얼굴은 죽은 사람처럼 창백하고 일그러진, 흉측한 모습이었다. 바이버 경은 소스라치게 놀랐지만 그것이 가면이라는 것을 금세 눈치챘다.

"당신의 진짜 얼굴을 보여주십시오."

바이버 경이 말했다.

"누구도 내 진짜 얼굴을 보지 못한다."

"진짜 얼굴이 어떻든 상관없습니다, 마녀님. 가면보다 더 흉측하지는 않을 테니까요."

"됐다. 그런데 너에게 길을 알려주면 그 대가로 내게 뭘 주겠느냐?"

"저에겐 말과 무기, 갑옷밖에 없습니다. 이것들은 제 몸의 일부나 마찬가지지만 원하신다면 드리겠습니다. 무엇을 원하십니까?"

"네가 만일 '거룩한 가마솥'이 있는 성을 발견하더라도 누구에게도 그 위치를 발설하지 않겠다고 맹세하거라."

"기꺼이 맹세하겠습니다."

"그렇다면 좋다. 잘 듣거라."

마녀는 바이버 경에게 성이 있는 곳을 설명해주었다.

성으로 가려면 질척거리는 늪지를 지나고 안개산을 넘어 지금은 아무도 다니지 않는, 고대인들이 이용했다는 산길을 따라 암벽 해안까지 가야 했다. 그렇게 해서 햇빛이 전혀 비치지 않는 곳에 이르면 '거룩한 가마솥'의 성을 찾을 수 있다는 것이었다.

"일단 성에 도착하면 그 다음부터는 네가 알아서 해야 한다."

마녀가 말했다.

"원치 않는 방문객들을 쫓아내기 위해 그들이 어떤 마술을 쓰는지 나도 전혀 모르니까 말이야."

"어떻게 햇빛이 전혀 들지 않는 곳이 있을 수 있습니까?"

바이버가 물었다.

"나도 모른다. 나 역시 한 번도 가본 적이 없으니까. 나도 그저 들은 대로 말했을 뿐이다."

바이버 경은 마녀에게 고맙다는 인사를 한 뒤 늪지를 향해 출발했다. 눈치 빠른 그의 말은 험난한 땅을 피하고 싶었는지 길 가장자리에 서서 더 이상 움직이려고 하지 않았다. 그가 온갖 방법을 동원해 설득했을 때에야 말은 벌벌 떨면서 간신히 한 발짝씩 내디뎠다.

그는 마녀의 지시를 유념하면서 앞으로 나아갔다. 이내 탄탄한 길이 나타났다가 늪지가 시작되었다. 말이 발을 잘못 디뎌 넘어지는 사고가 있긴 했지만 무사히 늪지를 빠져나올 수 있었다. 이번에는 안개산이 나타났다. 산에는 안개가 망토처럼 드리워져 있었고, 이미 밤이 다가오고 있었다. 그렇게 짙은 안개 속에서 길을 찾기란 대낮에도 힘들 거라고 생각했다. 그는 길가에 여장을 풀고 날이 샐 때까지 잠을 청하기로 했다. 원정에 나선 첫날이었지만 바이버 경은 무척 피곤했다. 하지만 가녀린 몸매로 흐느끼는 허깨비들이 꿈속에 나타나 그를 괴롭히는 바람에 제대로 잠을 이루지 못했다.

안개산을 지나는 것은 예상했던 것보다 험난한 여정이었다. 안개는 차가웠고 코끝을 톡 쏘는 이상한 냄새 때문에 연신 재채기가 나왔다. 그를 태운 말은 몇 번이나 길을 잃고 헤매고 나서야 겨우 길을 찾아냈다. 그러나 안장 위에서도 말의 발이 보이지 않을 정도로 짙은 안개 때문에 결국 그는 말에서 내려 오직 발의 감각에 의존해 앞으로 나아갔다.

하루 종일 안개 속을 헤매는 동안 어느새 약해진 햇살이 다시 밤이 다가오고 있음을 알리고 있었다. 그는 안개산을 영원히 빠져나가지 못할 것 같은 조바심을 느끼며 여장을 풀고 잠을 청했지만 내내 악몽에 시달려야 했다.

그가 악몽에서 깨어났을 때는 갑옷 속으로 축축한 습기가 스며들어 온몸이 젖어 있었다. 설상가상으로 식량도 거의 떨어져갔다. 말은 푸성귀라도 먹을 수 있으니 문제가 없었지만 그의 식량은 흐물흐물해진 치즈 몇 조각과 가죽처럼 질겨진 육포 몇 가닥, 그리고 딱딱한 빵 한 덩어리가 전부였다. 안개가 잔뜩 끼어 있고 새소리 하나 들리지 않는 음산한 숲에는 사냥감은커녕 살아 있는 생명체의 흔적조차 찾아보기 힘들었다.

또 하루가 가고 있지만 그는 여태 안개산을 벗어나지 못하고 있었다. 그런데 어스름한 저녁이 다가올 무렵 내리막길로 접어들자 안개가 조금씩 옅어지는 게 느껴졌다. 커튼처럼 드리워진 안개 사이로 이따금 산들바람이 변덕스럽게 불어왔고, 희미하게 골짜기가 보이기 시작했다.

다소 용기를 얻은 바이버와 그의 말은 갑자기 솟아나는 희망에 걸음을 재촉했다. 기울어가는 태양의 마지막 햇살이 시커먼 구름의 끝자락을 붉게 물들일 무렵에야 이들은 안개산을 완전히 벗어나 계곡 기슭에 도착했다.

비록 황량한 광경이었지만 그는 다시 무언가를 분명하게 볼 수 있다는 사실만으로도 반가웠다. 그는 황폐한 풍경을 감격스럽게 바라보았다. 한쪽은 안개산이 벽처럼 둘러싸고 있었고 다른 한쪽은 자갈투성이 언덕이 있었으며, 고대인들이 다녔다는 산길은 구불구불하고 좁은 시내를 따라 계곡 한복판을 관통하고 있었다. 그는 그곳에서 말에게 물을 먹이고 밤을 보내기로 했다.

산길은 오래 전, 이름도 잊혀진 시대의 사람들이 닦아놓은 것이었다. 길은 커다란 돌들을 다듬어 깔아놓았는데, 그 솜씨가 얼마나 뛰어난지 수백 년이 지났지만 어느 것 하나 파이거나 튀어나온 것이 없을 정도였다.

그러나 이런 길이 어떻게 만들어졌는지 아는 사람은 아무도 없었다. 사람들은 그저 그 길이 마법의 힘으로 만들어졌다고 믿었고,

다분히 미신적인 두려움 때문에 되도록 그 산길을 피해서 다녔다. 사람들을 더욱 두렵게 만드는 것은 길가에 늘어서 있는 신비한 석상들이었다. 석상들은 어떤 위험한 전조를 알리는 존재라는 믿음 때문에 경외심을 불러일으켰다. 더군다나 오랜 세월 풍상에 반쯤 닳아 없어진 석상들의 표정이 험악하게 일그러져 있었다.

아침에 일어나자마자 바이버 경은 일그러진 조각상들의 얼굴을 보지 않으려고 애쓰면서 북쪽으로 난 길을 향해 말을 달렸다. 그렇게 며칠을 계속해서 달렸지만 이상하게도 키 작은 잡목들만 우거진 단조로운 풍경이 계속 되었다. 밤이면 바람결에 자신을 비웃는 소리가 들려오는 것 같았고, 식량이 다 떨어져 허기가 졌다. 운좋게 산새 한 마리를 잡아 배를 채운 것이 전부였다.

그의 의식은 점점 몽롱해져 터벅터벅 걷는 말에게 흔들리는 몸을 맡기고 있었다. 조각상들이 움직이는 것도 같고 자신에게 뭐라고 말을 거는 것 같기도 했다. 그런가 하면 괴상망측한 조각상들이 자기를 향해 발톱을 높이 치켜들고 달려드는 것 같았다. 하지만 가까스로 의식을 모으고 눈을 부릅뜨면 조각상들은 분명 제 자리에 가만히 서 있었다.

천신만고 끝에 산길 끝까지 다 왔을 무렵, 그는 눈앞에서 벌어진 상황이 현실인지 아니면 열병으로 인해 헛것이 보이는지 분간할 수가 없었다. 길이 끝나는 지점에는 커다란 두 개의 기둥이 서 있었고, 그 너머에는 아무것도 없는 것 같았다. 그가 망설이며 조심스럽게 다가가서 보니 그곳은 가파른 절벽 꼭대기였다. 거기서부터 꼬불꼬불하게 나 있는 좁은 길 하나가 어둡고 깊은 협곡으로 이어져 있었다. 북쪽으로는 바다와 닿아 있는 협곡의 한가운데에 성 하나가 보였다. 성의 동쪽, 남쪽, 서쪽으로는 높게 솟구친 바위벽들이 짙은 그림자를 드리우고 있었다.

"저곳이 바로 햇빛이 전혀 비치지 않는 곳이구나. 여기가 틀림없어."

그는 혼잣말을 하며 가지 않으려는 말을 억지로 몰아 꼬불꼬불한 길로 접어들었다. 안간힘을 다해 버티던 말도 바이버의 끈질긴 집념에 포기했는지 몇 번 발을 헛디디긴 했지만 무사히 내려갈 수 있었다.

어두운 그늘 속에 숨어 있는 성은 암갈색 현무암으로 견고하게 지어져 있었다. 성벽은 단단하고 튼튼했으며 각 모퉁이에는 가마솥 모양의 도자기가 장식되어 있었다. 성문과 성벽 위에는 수많은 깃발들이 펄럭이고 있었는데, 모두 다리가 셋 달린 검은 가마솥이 그려져 있었다. 주변에는 쥐새끼 한 마리 얼씬거리지 않았다. 해안가 절벽에 부딪치는 파도소리만 쉬지 않고 들려왔다.

바이버 경은 말을 타고 성문 앞까지 다가가 문을 두드렸다. 그러자 검은 갑옷에 검은 말을 탄 기사 한 사람이 나타났다.

"누구요?"

그가 외쳤다.

"나는 바이버 경이오. '거룩한 가마솥'을 찾아 원정 중이오. 당신은 누구요?"

"나는 밸런스 경, 거룩한 성의 수호자요. 나와 싸워 이기지 않으면 이곳을 지나갈 수 없소."

피로와 허기 때문에 그 기사의 모습이 두세 개로 겹쳐 보였다. 안장에 앉은 채 눈을 가늘게 뜨고 살펴보았지만 상대방의 형체가 이리저리 흔들거렸다. 정신을 차리려고 애쓰며 그가 소리쳤다.

"그 유명한 밸런스 경? 이 세상에 당신 이름을 모르는 사람은 없습니다. 당신은 전설 속의 인물이지요."

밸런스 경은 그런 말에 흥미 없다는 듯 창을 내리고 말했다.

"방어할 준비가 되었는가?"

그러나 바이버 경은 창을 똑바로 들 기운조차 없었다. 그의 몸이 천천히 옆으로 기울어지더니 금속이 부딪히는 소리를 내며 말에서 떨어졌다. 그는 떨어진 채 꼼짝도 하지 못했다.

바이버 경이 의식을 찾았을 때 그는 침대 위에 누워 있었다. 방 안에는 촛불이 켜져 있고 창문 사이로 희미한 햇빛이 흘러들고 있었다. 흡사 감옥 같은 침실을 둘러보고 있는데, 문이 열리면서 흰 가운을 걸친 여인이 수프 그릇을 들고 들어왔다. 바이버는 입 안 가득 군침이 돌았다.

"좀 나아 보이는군요."

그녀가 말했다.

"여기가 어딥니까?"

바이버가 물었다.

"여기는 지구의 중심이며 세상에서 가장 성스러운 장소인 '거룩한 가마솥'의 성입니다. 자, 드세요."
　그녀가 침대 끝에 걸터앉아 수프를 그의 입에 떠넣어주었다. 그는 몹시 당혹스러웠다. 스스로 먹고 싶었지만 손이 너무 떨려 결국 그녀가 먹여주어야 했다. 수프를 한 모금씩 받아넘길 때마다 기운이 되살아나는 것 같았다.
　"밸런스 기사는 자기와의 싸움에서 이겨야 통과할 수 있다고 했는데 어떻게 된 겁니까?"
　바이버가 물었다.
　"밸런스 경은 다른 기사들처럼 그렇게 무자비한 사람이 아니에요. 그분은 당신이 몹시 허약해진 것을 알고 성으로 데리고 오셨어요. 그분 역시 굶어 죽을 지경이 되어 이리로 오셨었지요."
　"감사합니다."
　바이버가 말했다.
　"이제 쉬세요. 수프로 위의 허기를 달랬으니 조금 후에 음식을 더 가져올게요."
　그녀는 방문을 잠그고 나갔다.
　"날 돌봐줄 모양이군. 하지만 방을 보아하니 갇힌 신세인 것 같기도 하고……. 일단 몸이 회복된 뒤 탈출할 길을 찾아야겠어."
　그런 생각도 잠시, 그는 다시 잠에 곯아떨어졌다.
　며칠 동안 흰 가운을 입은 여인들이 그에게 음식을 가져다주었다. 그리고 매번 다른 남자 하인들이 그에게 세숫대야와 수건을 가지고 왔고, 그의 배설물도 치워주었다. 그러나 그들은 말이라곤 한

마디도 하지 않았다.

　방 안을 걷고 팔 운동도 할 수 있을 정도로 회복되자 바이버는 누군가가 오면 그를 밀치고 빠져나가야겠다고 생각했다. 그런데 다음에 들어온 여인은 신분이 아주 높아 보였다. 그녀는 다이아몬드가 박힌 왕관을 쓰고, 은실로 초승달이 수놓아진 하얀 벨벳 의상을 입고 있었다.

　"나는 '거룩한 가마솥'의 대여사제입니다. 나는 그대에게 앞날에 대한 선택권을 주려고 왔소."

　"어떤 선택권입니까?"

　그가 물었다.

　"과거에는 이곳으로 오는 길을 알아낸 외부인은 아무도 살아남을 수 없었소. 이곳에 왔다가 죽은 이들의 피는 거룩한 것에 담아 두었소. 하지만 최근 몇 년간은 보다 관대한 정책을 써왔소. 그대에게 주어질 첫 번째 선택권은 이런 것이오. 우리는 그대를 왔던 곳으로 돌려보내주겠소. 단 먼저 그대의 기억을 지우는 과정을 거쳐야 하오. 그대는 여기까지 온 여정이 열병 때문에 생긴 환상이었다고 믿게 될 거요. 그리고 다시는 이 여행을 되풀이하고 싶지 않게 될 거요. 두 번째 선택권은 여기 남아서 밸런스 경이나 다른 이들처럼 '거룩한 가마솥'의 수호자가 되는 것이오. 영원히……"

　"만일 제가 후자를 선택한다면 가마솥을 볼 수 있습니까?"

　그가 물었다.

　"물론이오."

"그렇다면 후자를 택하겠습니다."

그는 그곳에서 보낸 며칠 동안 자신의 과거를 돌이켜보며 지난 날들이 가치 있는 삶은 아니었다고 결론지었다. 그에게는 가족도 없었다. 왕의 성 주변을 어슬렁거리면서 렌더 경처럼 전투에서 중상을 입거나, 아니면 죽음을 각오하며 다음 전투를 기다리거나 시시한 오락거리에 얽매여 사는 기사 생활은 아무런 의미가 없다고 느꼈다. 전투에서 거의 죽음 직전에까지 이르렀지만 장렬한 전사라는 것도 그다지 명예스럽다고 생각하지 않았다.

대여사제는 고개를 끄덕이며 그의 이마를 한 번 만져주고는 방을 떠났다. 그런데 이상하게도 그녀의 손이 스쳐간 부분이 몇 시간 동안이나 욱신거렸다.

다음 날, 밸런스 경이 직접 흰 옷을 들고 와서 그에게 입으라고 했다.

"당신의 입문식이 시작될 것이오."

그는 바이버를 데리고 미로 같은 복도를 지나 천장이 둥근 방으로 갔다. 방 안은 어두웠으며 벽에는 일정한 간격으로 선반들이 걸려 있었고, 그 위에는 책과 조각상, 크리스털 장식품, 그리고 여러 가지 신비로운 물건들이 놓여 있었다.

그곳에서 밸런스 경은 바이버를 가르쳐줄 스승으로 나이 많은 여인을 소개시켜주었다. 몇 주 동안 그는 하루 몇 시간씩 그녀로부터 예부터 전해오는 학문을 배웠고, 비밀리에 전해지는 다양한 비법들을 전수받았다.

그로부터 얼마 후, 그는 스승으로부터 이만하면 됐다는 선언과 함께 '거룩한 가마솥'을 볼 수 있게 되었다. '거룩한 가마솥'을 보기 위한 준비과정에는 몇 가지 생소한 의식과 하룻밤의 밤샘, 그리고 단식 등이 포함되었다. 그리고 마침내 약속한 날이 왔다.

잔뜩 기대에 부푼 바이버 경은 대여사제와 키가 작은 수행원들을 만났다. 그들은 성안을 구석구석 안내해주며 컴컴한 골짜기 바닥에 깔린, 살아 있는 바위로 갔다. 그곳에서 그들은 다시 성벽 아래 파도소리가 밀려오는 동굴 안으로 들어갔다.

대여사제가 말했다.

"이제 그대가 보게 될 것은 세상에서 가장 거룩한 상징인 가마솥이오. 이 가마솥은 생명과 죽음의 끝없는 순환을 관장하고 있소. 살아 있는 것은 모두 반드시 죽게 마련이고 죽은 뒤엔 가마솥 안에 다시 들어가야 하오. 모든 형상이 거기에서 비롯되니까. 그것은 어떤 실체도 영원할 수 없다는 것을 가르쳐준다오. 영원불멸한 것은 오직 가마솥뿐이오. 가마솥은 모든 것을 끊임없이 휘저어서 만물을 되살린다오. 가마솥은 단순히 물건이 아니라 영원한 탄생의 제공자이며 생명의 수취자로서 바로 여성을 상징하는 것이라오."

수행원들이 거대한 동굴 안에 횃불을 밝혔다. 바이버 경이 고개 숙여 아래를 보니 바다 전체가 천장을 바라보고 누워 있는 거대한 여인의 모습 같았다. 여인의 몸 길이는 대략 백팔십 미터쯤 되었고, 얼굴은 윤곽이 뚜렷하게 조각되어 있었으며, 곱슬곱슬한 머리결에 풍만한 가슴, 그리고 긴 팔과 긴 다리는 동굴의 벽까지 닿아 있었다. 그중 볼록한 배가 가장 눈에 띄었는데, 그것은 움푹 팬 거대하고 둥근 우물 가장자리까지 솟아 있었다. 성 위까지 들려오는 파도소리는 바로 이곳에서 들려오는 것이었다.

"저게 바로 '거룩한 가마솥'이오."

대여사제가 말했다.

"그 물은 피처럼 짠맛이지. 그리고 북해의 조수에 따라 솟아올랐다 가라앉았다 하오. 무릇 모든 생명은 신이 아니라 여성으로부터 나온다는 사실을 가마솥은 말해주고 있소. '거룩한 가마솥'은 태곳적부터 고대인들의 경배를 받았고, 지금은 거룩한 믿음으로 이곳을 지키고 있는 우리들로부터 경배를 받고 있소."

경이로움에 찬 바이버 경은 무릎을 꿇고 경배를 표했다.

그는 '거룩한 가마솥'의 가르침을 배우기로 결심했다. 얼마 후 그는 위대한 기사가 되었고, 학문을 연마하고 명상을 하며 평생 성에서 지냈다. 밸런스 경은 그의 절친한 친구가 되었다. 그 후 그는 성안의 여사제와 결혼하여 오래오래 행복하게 살았다. 그리고 그가 살던 바깥 세상에서 그의 이름은 또 하나의 전설이 되었다.

한편, 점점 폭력이 난무해지는 바깥 세상을 본 대여사제는 무모한 탐험가들이 단지 호기심 때문에 '거룩한 가마솥'이 있는 성에 접근하는 것을 금지하도록 명령을 내렸다. 그녀는 주문을 외어 짙은 안개가 성을 영원히 보호할 수 있도록 하고 주위를 길도 없고 인적도 없는 해안처럼 보이도록 만들었다. 그 때문에 성으로 이르는 모든 길은 마술에 걸려 꼬불꼬불한 미로가 되었고, 그곳에 이르는 여행자들은 모두 길을 잃고 헤매게 되었다.

 '거룩한 가마솥'에 관한 전설은 몇백 년 동안 되풀이되면서 조금씩 변형되었다. 그러다 마침내 그것은 바닷물을 담는 천연의 그릇에서 여성의 상징을 의미하는, 피를 담는 인공적 그릇으로 바뀌었다. 그 후로도 많은 기사들이 '거룩한 가마솥'을 찾기 위해 원정에 나섰지만 그들은 끝내 발견하지 못하고 미로 속을 헤매다 목숨을 잃기도 했고, 운이 좋은 경우 집으로 돌아갈 수 있었다.

신들의 최후

이 이야기는 게르만족의 '신들의 최후'를 다시 꾸민 것이다. 게르만 신화에서
신들은 비그리드 평원에서 최후의 전쟁을 하게 된다. 신들의 왕이자 전쟁의 신인 오딘과
토르의 군대가 로키의 세 자녀들이 이끄는 악의 군대와 맞붙어 싸웠으나,
불의 거인 수트르가 나타나 모든 것을 불지르고 재로 만들어버림으로써 신들은 최후를 맞게 된다.
새 이야기에서 남성 신들의 전쟁과 달리 여신들은 스스로 최후를 맞는다.
여기에 나오는 웬즈는 북유럽의 신 오딘의 특징을 그렸다.
오딘은 신들의 아버지이자 전사자들의 아버지이다. 또 주인공 로우키는 장난꾸러기,
변덕스러운 '거짓말의 아버지', 불의 화신 수트르와 동일시되는 게르만의 신 로키에 해당한다.
원래 신화의 로키처럼 새 이야기에서도 로우키는 신들의 최후의 원인 제공자가 된다.
서스(목요일의 신 토르), 프라이아(금요일의 신 프레이야), 아이돈(생명의 사과를 가진 위대한
어머니 아이둔), 발디(젊은 신들의 왕자인 발데르) 등 원래 전해지는 신들의 특징을 그리고 있다.
그리고 새 이야기의 로우키가 괴물을 출산한 것은 로키가 다리가 여덟 개 달린 말
슬레이프니르를 낳은 것과 닮아 있다.
또 새 이야기에 나오는 사과나무에 매달린 뱀은 창조와 삶을 상징하며 위대한 어머니의 마법의
사과는 중국에서 아일랜드에 이르기까지 여러 종교에 전통적으로 두루 나타나는 것이다.

■■■ 아주 오래 전 신들의 전성시대에 로우키라는 어린 신이 살고 있었다. 그는 신으로서의 능력이 부족해서 불행하다며 신들의 왕인 웬즈(웬즈의 날은 Wednesday, 즉 수요일로 지금도 매주 기념되고 있다)에게 불평을 늘어놓았다.

"웬즈님은 세상에서 가장 신다운 능력이 무엇이라고 생각하세요? 그것은 바로 생명을 낳는 거예요. 여신들은 그 능력을 가지고 있어요. 인간의 여자들도 그 능력을 가지고 있죠. 심지어 동물의 암컷들조차 그런 능력을 가지고 있다구요. 하지만 우리 남신들은 그런 일을 할 수 없죠. 이건 바뀌어야 한다구요."

"넌 정말 감사할 줄 모르는 녀석이구나!"

웬즈가 호통을 쳤다.

"그래, 내가 너에게 충분한 능력을 주지 않았다는 거냐? 난 신들을 위해 한쪽 눈을 포기했으며, 여신들의 마법의 피가 담긴 가마솥을 찾기 위해 땅속 깊은 곳까지 갔다왔어. 심지어는 우리가 인간의 운명을 결정할 수 있는 능력을 가질 수 있도록 나무에 매달리기도 했단 말이다. 그런데도 넌 그렇게 해서 얻은 성과들로는 만족할 수 없다는 거냐?"

"저는 생명을 낳을 수 있는 능력을 갖기 전에는 제가 정말 완전한 신이라고 생각할 수 없어요. 웬즈님이 도와주실 수 없다면 저 혼자 그 능력을 얻을 방도를 찾아보죠."

로우키가 고집을 부렸다.

"넌 정말 주제 넘는 아이로구나."

웬즈가 빈정대며 말했다.

"전 당신이 너무 소박한 것에 만족하고 있다고 생각해요. 영원히 살 수 없는 인간의 여자들도 할 수 있는 일이라면 우리 남신들도 분명히 할 수 있을 거예요."

웬즈는 더 이상 들을 필요도 없다는 듯 로우키를 쫓아냈다. 그러나 로우키는 분노 뒤에 숨겨진 왕의 무능력을 생각하며 그를 비웃었다. 그는 친구와 함께 자신이 원하는 것을 얻을 방법을 찾기로 마음먹었다. 그는 번개를 던지는 신 서스(서스의 날은 Thursday, 즉 목요일로 매주 기념되고 있다)를 찾아가서 말했다.

"서스, 지상에 번개를 내려 한 여자 인간을 데려다줘."

서스는 그렇게 해주겠노라고 약속했다. 그리고 며칠 후 막 벼락을 맞고 죽은 젊은 엄마의 육신을 로우키에게 가져다주었다. 로우키는 그 여인의 심장을 꺼내 먹었다.

"이제 난 생명을 탄생시킬 수 있는 능력을 갖게 될 거야. 그러면 모든 남신들 중에서 가장 완벽한 신이 되겠지."

로우키는 얼마 지나지 않아 모든 신들에게 자신이 곧 생명을 낳게 될 거라고 자랑스럽게 발표했다. 그 말을 듣고 여신들은 모두 그의 어리석음을 비웃었다. 그러나 남신들은 그를 믿었고, 더러는 그의 노력에 깊은 감명을 받기도 했다.

드디어 로우키가 아기를 낳을 때가 되자 모든 신들이 그 경이로운 광경을 지켜보기 위해 모여들었다. 로우키는 괴성을 지르며 몸을 뒤틀더니 춤을 추듯 근육을 흔들며 공연한 소란을 떨었다. 그리고는 마침내 살아 숨쉬는 피조물을 창조해냈다.

그런데 유감스럽게도 모든 신들이 웃기 시작했다. 경이의 찬사 대신 터져나오는 웃음소리에 놀란 로우키는 자신의 아기를 바라보았다. 그 순간 풍선처럼 부풀었던 그의 자만심이 여지없이 쭈그러들었다. 얼핏 보면 커다란 거미같이 생긴 그것은 다리가 여덟 개 달린 괴상한 모양의 말이었다.

로우키의 당황하는 모습이 안쓰러웠던지 웬즈 왕이 위로의 말을 던졌다.

"신경쓰지 말거라, 로우키. 내가 데려다 잘 키워줄 터이니. 다 자라면 타고 다니도록 하거라. 다리가 여덟 개인 말이라 하더라도 분명 쓸모가 있을 게다."

다른 신들도 웬즈를 따라 로우키를 위로하려고 했다. 그러나 로우키는 그들의 비웃음을 결코 잊을 수가 없었다.

로우키는 인간 세상의 어머니들과는 달리 자신의 창조물을 거부했다. 이름도 슬립네버(sleepnever)라고 지었는데, 그 괴물은 잠자고 쉬는 것조차 필요없어 보였기 때문에 붙여진 것이었다.

날이 갈수록 로우키는 숨어 지내는 날이 많아졌고, 성격은 모나고 음울해졌다. 그는 삶과 죽음의 문제에 집요하게 매달렸다. 그는 심한 장난을 쳐서 상대방을 불쾌하게 만들었고, 저질적인 농담으로 다른 신들을 골탕먹였다. 그러나 신들은 그의 잘못을 관대하게 참아주었다. 자신들이 로우키를 비웃었으므로 자신들에게도 책임이 있다고 느꼈기 때문이다.

그러던 어느 날, 로우키는 남신들의 생명을 지속시킬 수 있는 비밀이 '위대한 어머니' 아이돈의 밭에서 열리는 사과에 있다는 것을 알아냈다. "하루에 사과 하나면 노화를 막을 수 있지"라고 말하던 그들의 말은 그저 하는 소리가 아니었다.

그 사과나무는 위대한 어머니의 붉은 생명의 정수를 지니고 있었다. 그러나 남신들은 자신들의 영원함이 외부의 어떤 것에 달려 있다는 사실을 인정하고 싶지 않았다. 그것은 곧 스스로 완전하지 못함을 드러내는 것과 같았다. 믿을 만하지 못하다는 이유로 신들이 그에게는 비밀로 했기 때문에 로우키는 그 사실을 모르고 있었다. 그런데 어느 날 신성한 사과나무에 보금자리를 튼 새 한 마리가 귀띔해주어 그 비밀을 알게 된 것이다.

로우키는 변신하는 마법을 익혔다. 그리고 뱀으로 변신해 아이돈의 밭으로 꿈틀거리며 기어들어가 생명의 사과를 모두 훔쳤다.

생명의 사과가 없어지자 신들은 급속도로 노화가 빨리 왔고 연로한 신들이 여기저기 늘어났다. 신들의 머리는 하얗게 새었고 피부는 주름이 졌다. 그들의 자손들도 늙어갔다. 웬즈가 가장 사랑하는 아들은 머리카락이 다 빠져 발디(Baldy, 대머리)라고 불렸다.

로우키는 지상의 영원하지 않은 존재인 인간들에게까지 신들의 비밀을 발설했다. 뱀의 모습을 한 채 유한한 존재들의 땅으로 가서 지상의 한 여자에게 그 비밀을 가르쳐준 것이다.

어느 날 그는 사과나무에서 내려와서 그녀에게 말했다.

신들의 최후 199

"신들이 너희들에게 거짓말을 했단다. 사과를 먹으면 곧 죽을 거라고 말이야. 하지만 그들이 정말로 두려워하는 게 뭔지 아니? 바로 너희가 삶과 죽음의 비밀을 깨닫게 되어 그들과 동등해지는 것이야."

여자는 뱀의 말을 믿고 금지된 사과를 따먹었다. 그녀는 자신의 남자 짝에게도 사과를 나누어주었다. 그러나 그 마법의 사과는 그들에겐 효험이 없었다. 그것은 어디에서나 딸 수 있는 흔한 사과에 불과했다. '위대한 어머니'의 사과는 그녀의 생명을 주는, 피의 정수가 담긴 열매였다. 그런데 인간인 여자는 이미 자신 안에 피의 열매를 갖고 있었다.

모든 신들이 분노했다. 로우키가 신을 인간들에게 팔아넘기려고 한 것은 엄청난 사건이었다. 더구나 신들은 늘 인간이 자신들보다 열등한 존재라고 무시해왔지 않은가. 그러나 그것도 이제 옛날이야기가 되어버린 듯, 신들은 급속도로 빨리 늙어가고 있었고 어떤 신들은 병이 들었다. 신들은 죽음으로부터 자신을 보호하기 위해 무언가 빨리 조치를 취해야 한다고 의견을 모았다.

"만일 우리가 죽게 된다면 신이 인간보다 더 나을 게 없소. 이렇게 늙는다는 것도 억울한 일인데 죽음이라니, 그건 상상할 수도 없는 일이오."

웬즈가 말했다.

서스는 신들을 구하기 위해 마귀할멈의 모습을 한 '노화'의 정령과 레슬링 경기를 벌였다. 그는 자신의 막강한 힘으로 그 늙은 여신을 쓰러뜨리겠다고 큰소리를 쳤지만 시합에서 보기 좋게 지고 말았다.

"신의 능력을 가졌다 해도 이 늙은이를 이길 순 없지."

경기를 끝내고 노화의 정령이 말했다.

웬즈 왕이 신들에게 말했다.

"모든 수단과 방법을 동원해서 우리의 생명을 연장시키는 방법을 찾아야 하오. 인간들에게 우리를 숭배하고, 제물을 바치고, 계속해서 우리의 영광과 찬양을 노래하도록 가르쳐야 합니다. 왜냐하면 이런 것들이 영적인 생명을 가져다주기 때문입니다. 인간들이 더 이상 우리의 신성을 받아들이지 않을 때 우린 진짜로 죽은 존재가 되는 겁니다."

뱀이 된 로우키는 이 제안을 비웃었다.

"이제 인간들은 우릴 신이 아닌 악마로 생각하기 쉬울걸."

그는 자신의 견해를 이야기했다.

"인간들은 어리석고 변덕스럽기 때문에 어떤 일을 지속적으로 할 수 있는 능력이 없다구요. 우리를 숭배하라는 가르침들은 얼마 지나지 않아 약효가 떨어지고 말 겁니다. 신의 영원함이 인간의 생각에 달려 있다면 신들의 운명은 이미 정해진 겁니다. 사태를 똑바로 보세요. 신들이 인간을 지배하는 시대는 끝났다구요. 당신들은 쇠락기에 접어들게 되었단 말입니다."

그러자 여신 프라이아(프라이아의 날도 Friday, 즉 금요일로 역시 매주 기념되고 있다)가 일어나서 말했다.

"앞으로 우리는 세상 일에 더 이상 주도권을 잡을 수 없을지도 몰라요. 그러나 우리, 특히 로우키가 명심해야 할 게 있습니다. 영원한 생명에 관한 이야기는 한갓 우화로 남겠지만, 생명을 낳는 신비는 아직도 계속되고 있어요. 인간과 동물들도 그건 알아요. 가장 좋은 건 사람들이 신들에 대한 모든 것, 즉 신들의 논쟁, 시기, 싸움 등을 잊어버리는 거죠. 따라서 사람들로 하여금 출산하고, 보호하고, 양육하는 여성의 힘을 숭배하게 합시다. 그리고 만일 우리가 늙음과 죽음을 겪는 인간들과 같아지더라도 현실을 겸허하게 받아들입시다. 앞으로 인간들은 살아가는 데 더 이상 신을 필요로 하지 않겠죠. 오직 자신들의 지혜를 발전시키고 스스로를 이해해야 할 필요가 있을 뿐이죠. 하지만 그들은 또 우리 신들의 비밀을 알기 위해 시간을 낭비할 것입니다. 그리고 언젠가 더 훌륭한 신들을 창조해냄으로써 더 훌륭한 원리를 가진 새로운 세계를 이룰 겁니다."

그 말에 부끄러워진 로우키는 프라이아 위로 내려와 그녀의 손등을 비벼댔다.

"당신은 우리들 중 가장 현명한 신이군요. 사람들에게 로우키의 뱀은 영원히 여신들의 친구가 될 것이라고 알려주세요."

"인간들은 많은 것을 오해하고 있고 앞으로도 계속해서 오해하겠지만, 결국은 모든 걸 알게 될 거예요."

그 후 이 일은 다음과 같은 짧은 이야기로 전해지고 있다.

여신들은 스스로 자신들의 황혼을 맞이했으며, 남신들은 위대한 전쟁에서 서로를 열심히 죽여 없앴다. 그러나 로우키는 예외였다.

그는 뱀으로 남아 땅의 자궁 속으로 숨어버렸기 때문이다. 그리고 사람들은 잘 깨닫지 못하고 있지만 여신들 역시 인간의 '정신'이라는 이름으로 숨어 있었다. 그 후로 자연의 섭리를 거스른 자는 누구도 행복하게 살 수 없었다.

  어떤 이들은 언젠가는 아이돈의 사과가 다시 열려 '위대한 어머니'의 불멸의 선물이 새로운 신들에게 주어질 거라고 말했다. 그러나 또 어떤 이들은 이 같은 일이 다시는 일어나지 않을 거라고 말했다. 엄밀히 말한다면 신에 관련된 모든 논쟁은 단지 자신의 의견을 밝히는 데 불과하다며.

아프리카 여신들의 긴급회의

동물이 인간보다 하등 취급되고 여성이 남성보다 열등한 존재라는 인식은
남성 중심적 가부장 문화의 결과라는 점에서 일맥상통한다. 이러한 이분법적 사고는
지구의 생태를 위협하고 남녀가 평등한 세상을 멀어지게 한다.
이 이야기는 아마도 남성우월주의자임에 틀림없는 아프리카의 신이 인간에게 특권을 부여한
"땅 위에 있는 모든 생명을 다스려라!"라는 말로 인해 고통을 받게 된 동물들의
피해상황에 관한 것이다. 이 말은 자연을 끊임없이 파헤치고 착취하는
사람들에게 좋은 핑계가 되어왔다. 이야기는 아프리카의 세 여신이 동물들과
대화를 하는 것으로 이어진다. 여신들은 동물들이 어떤 피해를 입었는지 조사하고
이를 개선하기 위해 동물들의 이야기를 귀 기울여 듣는다. 이 세 여신들은 인생의 세 단계
즉 처녀·어머니·노파의 모습으로 등장하는데, 이들은 파종기·성장기·추수기의 세 계절을
의미하고 천상·지상·지하의 세계를 상징하기도 한다. 이러한 삼위일체의 개념은
활발한 페미니즘 운동의 덕택으로 오늘날 많은 여성들에게 친숙해졌다.
만약 아프리카의 야생 동물들이 초원에서 뛰노는 모습을 보고 싶다면,
우리 아이들에게 보여주고 싶다면, 이 세 여신들의 이야기에 귀 기울 필요가 있다.

■■■ 아주 오래 전 하얀 신 '야웰라'가 아프리카 땅을 방문하자 동물들 사이에 대혼란이 일어났다. 야웰라는 자신을 믿는 사람들에게 동물들을 죽이는 것을 허용했기 때문이다.

처음에는 천 마리나 되는 야생 동물들이 학살당했다. 그러다 보니 동물들의 수가 점점 줄어들게 되었고, 이 학살에 대한 이야기가 오션, 예마야, 마유라는 세 여신의 귀에 들어가게 되었다. 어느 날 마침내 세 여신들이 진상 조사를 위해 아프리카로 내려왔다.

그들은 먼저 엄마 코끼리에게 물어보았다. 엄마 코끼리는 온혈 동물 중에서도 가장 나이가 많았으며, 가장 지혜로운 종족의 우두머리였다. 엄마 코끼리는 계속되는 대량 학살로 매우 침통해하고 있었다.

"하얀 신을 믿는 사람들은 단지 우리들의 커다란 이빨만을 원하죠."

엄마 코끼리가 불평을 늘어놓았다.

"사람들은 단지 그걸 얻으려는 목적으로 우리 종족을 잡아죽여요. 그들은 내 아이들의 이빨을 산더미처럼 쌓아놓고는 돈과 바꾼답니다. 정말이지 정신 나간 피조물들이에요."

그러자 오션 여신이 물었다.

"우린 야웰라가 살육을 하는 남자들이 양육을 하는 여자들보다 훨씬 우월하다고 주장한다는 말을 들었어요. 코끼리 어머니는 어떻게 생각하세요?"

"그건 야웰라가 미쳤다는 증거일 뿐이죠."
엄마 코끼리가 역겹다는 듯이 그녀의 길다란 코를 흔들어대며 말했다.
"종족의 숫자를 유지하기 위해서는 수컷들이 당연히 필요하죠. 하지만 번식을 위해서가 아니라면 수컷들은 전혀 쓸모가 없어요. 게다가 그들은 발정기간 동안에는 우둔하고 파괴적이죠. 그래서 우리 암컷들은 새끼들을 보호하기 위해서 수컷들을 무리 밖으로 쫓아내요. 그나마 수컷들이 자신들이 있어야 할 곳을 안다는 것이 다행이에요. 그들은 어머니에게 배운 대로 새끼들이 모여 있는 무리에서 멀찍이 떨어져 있거든요."
여신들은 옆에 있는 엄마 사자에게 갔다. 그녀는 고양이족의 우두머리였다. 그녀 역시 고양이족의 도살이 횡행하는 것에 대해 이를 갈며 분해했다.
"그들은 정당한 이유도 없이 우리의 가죽을 벗겨가죠. 단지 돈과 바꾸기 위해서 말이에요. 표범과 치타와 스라소니의 어머니들에겐 거의 아이들이 남아 있질 않아요. 그들은 정말 고양이 살해광들이지 뭐예요."
"야웰라는 싸움을 하는 남자들이 사냥을 하는 여자들보다 훨씬 낫다고 주장한다는데, 사자 어머니, 당신은 어떻게 생각하죠?"
예마야 여신이 물었다.
그러자 엄마 사자가 기가 차다는 듯이 코방귀를 뀌며 말했다.
"수컷들이 더 우월하다고요?"

엄마 사자가 비웃었다.

"그것도 야웰라가 돌았다는 증거의 하나예요. 뭐, 수컷들이란 그늘 아래 누워 잠을 잔다거나, 새끼들을 들볶으며 시간을 낭비하는 일 외엔 하릴없는 존재들인걸요. 암컷들이 새끼들을 기르고, 먹을 것을 잡아오고, 사냥을 가르치고, 흉악한 적들을 멀리 쫓아준다는 건 이 땅에 사는 모든 동물들이 알고 있어요. 수컷들은 어찌나 게을러터졌는지 설령 도울 수 있는 능력이 있다고 해도 발톱 하나 까딱하지 않죠. 아마 초원에서 가장 게으른 족속들일 거예요."

여신들은 이번엔 엄마 하이에나에게 갔다. 하이에나는 죽은 고기만을 먹는 족속들의 우두머리였다. 하이에나 엄마는 다른 엄마들에 비해 괴롭힘을 덜 당하고 있었다. 왜냐하면 인간들은 하이에나의 가죽을 좋아하지 않았으며, 그들은 오히려 야웰라 지지자들이 초원에 버려둔 동물들의 거대한 시체더미 덕에 윤택한 생활을 누리고 있었기 때문이다. 하지만 엄마 하이에나 역시 인간들이 미쳤음에 틀림없다고 얘기했다.

"어떤 정상적인 창조자가 동물을 죽이게 하고 그 고기를 버려두게 하겠어요? 인간들 때문에 우리 종족을 지탱해주던 동물들이 형편없이 줄어들고 있어요. 우린 그게 걱정이에요."

"야웰라가 여자들보다 남자들이 더 훌륭하다고 주장한다고 들었어요. 하이에나 어머니, 당신은 어떻게 생각하나요?"

마유 여신이 물었다.

엄마 하이에나는 갑자기 웃음을 터뜨렸다. 그녀는 모든 하이에

나들이 그녀를 따라 웃을 때까지 계속 웃어댔다.
"내가 평생 동안 들은 이야기 중에 제일 웃기는 소리군요."
엄마 하이에나는 웃느라 눈물까지 찔끔거리며 말했다.
"그렇게 작고 보잘것없는 수컷들이 더 훌륭하다고요? 암컷이 수컷보다 훨씬 더 크고, 힘도 더 세고, 빠르고, 지혜롭고, 성적 매력이 넘칠 뿐만 아니라 살아가는 데 필요한 것들을 두루 갖추고 있다는 건 세상이 다 아는 일이에요. 생산과 양육, 그리고 생존방법에 대해 훈련을 시키고 있는 것도 우리 암컷들이죠. 어째서 야웰라를 믿는 사람들이 아무런 이유도 없이 동물들을 죽인 뒤 좋은 부위들을 버리고 가는지 궁금해할 가치도 없어요. 그들은 완전히 미쳤으니까."
여신들은 다시 엄마 코뿔소에게로 갔다. 그녀는 최근 자기 종족이 학살을 당한 슬픔으로 거의 쓰러질 지경이었다.
"그들은 너무나도 엉터리 같은 이유로 우리 종족들을 파멸시키고 있어요."
엄마 코뿔소가 애통해하며 말했다.
"인간 남자들은 오래 전부터 뿔이 하나인 신비로운 짐승이 성적 능력을 향상시키는 데 좋다는 속설을 믿고 있죠. 그래서 하얀 신을 믿는 사람들은 마구잡이로 코뿔소를 사냥하고는 뿔을 먹지요. 그들은 어린것들은 잡지 않아요. 뿔을 자르지도 않고 다시 놓아주죠. 자랄 때까지 기다리는 거죠. 그들은 엉터리 지식으로 야생 동물을 죽이는 미치광이들이에요."
여신들은 엄마 고릴라에게도 똑같은 질문을 했다.

"그들은 우리 동족들을 죽이고 또 죽이죠. 다른 피조물들에게 아무런 해도 끼치지 않고, 그저 평화로운 자연의 삶을 바라는 우리들을요. 내가 보건대 그들은 결국엔 자신들마저 파괴해버리고 말 거예요. 그들이 숲을 뒤져 고릴라들을 미친 듯이 잡아들이는 것은 고릴라들이 자기 인간들과 닮았다는 사실 때문일 거예요. 그들은 결국 자신의 형상을 죽이고 있는 거죠. 그들은 실제로 자기들끼리 죽이기도 한다더군요. 우리들로서는 정말 상상도 할 수 없는 일이지만 말이에요. 분명히 그들은 제정신이 아니라구요."

여신들은 다시 엄마 독수리에게로 갔다. 엄마 독수리는 큰 새들의 우두머리였는데, 모든 새들 중에서 가장 큰 날개와 가장 예리한 눈을 가지고 있었다. 엄마 독수리는 벗겨지고 주름진 그녀의 머리를 휘휘 흔들어대며, 사람들이 한때는 독수리를 숭배할 줄 아는 훌륭한 판단력을 가지고 있었다고 꽥꽥 소리를 질러댔다. 사람들이 독수리를 '넥벳'이라는 이름으로 부르며, 모든 생명의 죽음과 재생의 상징으로 경배했었다는 것이다.

"하지만 난 그들의 수컷들이 알에서부터 미쳐서 태어나는 걸 보고 두려워졌죠. 아마 여자들도 미쳤을 거예요. 남자들이 양육을 도와주지 않아도 가만 내버려두는 걸 보면 말이에요. 아마 우리 새들의 머리가 그들보단 좋을 거예요."

여신들은 다른 우두머리 동물들의 말도 참고했다. 그들이 하는 말은 앞의 이야기들과 크게 다르지 않았고 야엘라 지지자들에 대해 내리는 평가도 비슷했다.

동물들의 말에 따르면 야웰라를 섬기는 인간들은 생존이 아닌 다른 이유로 살육을 행하는 미친 도살자들이었다. 그들은 풍족하게 먹어 살이 찌고, 만족감에 있을 때조차 끔찍한 무기를 들고 나가 한 번에 수십 마리의 동물들을 살육했고, 죽인 동물들을 먹지도 않았다. 사냥은 또 취미가 되기도 했다. 아프리카 동물들은 동물 사냥은 허기를 면하기 위해서 행해질 때만 정당화할 수 있다고 한 목소리로 말했다.

"하얀 신은 미쳤어요."

모든 동물들이 말했다.

"그 신은 사람들을 타락시켰어요. 그래서 사람들은 어떻게 행동해야 할지를 모르고 있죠. 그들은 세상의 암적인 존재가 돼버린 거예요."

오션, 예마야, 마유 세 여신은 뭔가 조치를 취해야겠다고 생각했다. 세 여신은 긴급회의를 열었다. 그들은 자신들의 땅을 다스리는 대리인으로서 여자 인간을 세우고, 다른 종족의 암컷들처럼 여자들이 남자들을 통솔할 수 있도록 힘을 키워주는 것만이 유일한 방법이라고 결론을 내렸다.

그런데 한 가지 어려운 점이 있었다. 여신들은 전부는 아닐지라도 많은 여자들의 힘이 야웰라의 법에 의해 굉장히 약해졌다는 것을 깨달았다. 야웰라의 법은 여자들의 말과 글을 금지시키고, 양육의 권리를 빼앗고, 여자들을 성적인 노예로 만들었으며, 남자들로 하여금 여자들을 적대시하고 학대하게 만들어버린 것이었다.

아프리카 여신들의 긴급회의

"야웰라는 정말 혐오스런 놈이군."

마유 여신이 치를 떨며 말했다.

"그는 심지어 여자들의 형상이며 보호자인 우리 여신들을 잊어버리도록 만들었어. 하얀 신은 쫓겨나야 해."

"그렇다면 우리가 야웰라 신의 허상을 폭로하자. 여자들이 더 이상 그를 섬기지 않게 말야."

예마야 여신이 말했다.

"그게 첫 단계야. 야웰라가 인간들보다 나은 영적인 능력이 없다는 것을 보여주고, 여자들이 그 사실을 완전히 믿도록 하자. 그런 다음 여자들 스스로 힘을 얻게 하는 거야. 그들이 어머니란 사실은 변할 수 없는 거라구."

"그리고 어머니들에게는 예의 바르고, 이성적이고, 아버지답게 행동하는 남자들만 받아들이게 해야 돼요."

오션 여신이 말했다.

"그러면 단지 남편이라는 이름으로, 또는 아버지라는 이름으로 집에서 폭력을 행사하는 남자들은 더 이상 발을 못 붙일 거야. 여자들에게 선택할 권리를 돌려줘야 해요. 언니들, 이게 바로 우리의 계획이지요?"

의견을 모은 여신들은 여자들을 한 명씩 만나 그들의 의식을 바꾸는 작업에 들어갔다. 그것은 아주 천천히 진행되었다. 종종 남자들이 여신들의 작업을 방해했다. 그러나 이성적인 남자들도 있었다. 그들은 논쟁에서 보여준 여신들의 분별력을 보고는 여자들을 돕기로 했다.

그 결과, 남자들 중 어떤 이들은 배고픔을 해결하기 위한 수단이 아닌 사냥은 잘못된 것이라고 생각하게 됐다. 여자들은 표범 가죽 외투와 상아 장식품을 혐오하게 되었고, 여전히 그런 것들을 갖고 싶어하는 무지한 이들을 꾸짖었다. 그들은 코뿔소의 뿔이 성적 불능을 치료해준다고 믿는 무식한 남자들을 비웃었다. 여자들은 자기 아이들에게도 가르쳤다. 그 아이들은 자라서 또 자기 아이들을 가르쳤으며, 그 아이들은 다시 자기 아이들을 가르쳤다.

얼마 지나지 않아 하얀 신은 인간들의 기억에서 사라져갔다. 어쩌다 기억하는 사람이 있다고 해도 그들은 야웰라가 그저 여신들의 미약한 동료에 지나지 않는다고 생각했다.

어리석은 남자들의 거대한 학살에서 가까스로 살아남은 아프리카의 동물들은 종족을 번식시켰고 많은 멸종 위기의 동물들이 다시 번성하기 시작했다. 그들은 아프리카의 초원에서 다시 평화로운 삶을 누릴 수 있었다. 사람들 사이에 사냥은 채소만으로는 살아갈 수 없는 이들과 아이들을 위해 고기가 필요할 때만 하는 것으로 여겨졌다. 그리고 여신들은 그 후부터 하얀 신이 자신들보다 우세해지지 않도록 경계를 늦추지 않고 가까이서 그를 통제했다.